ねこもかぞく

ほんのり俳句コミック

堀本裕樹
ねこまき（ミューズワーク）

さくら舎

はじめに

この本の骨子《こっし》となる俳句のテーマは「家族」です。一句一句を読んでいただければおわかりいただけますが、どこかに父や母や息子や娘や赤ん坊や祖父や祖母などの人物が登場します。俳句に直接それらの登場人物が詠《よ》まれていなくても、よくよく読んでみると、家族の姿が浮かんでくる句を採り上げました。

どの句を採用するかは、なかなか迷いましたが、吟味《ぎんみ》していく作業は想像力を要しながら、とても楽しくおこないました。

家族を下敷きにした俳句には、ぼくなりの解釈を加えたり、その句から蘇《よみがえ》ってきた思い出を元にしたエッセイにしてみたり、ふと頭に浮かんだショートストーリーを記《しる》したりしました。俳句を鑑賞しながら、家族とはどんな存在なのかということを見つめ直す機会を得ました。温かさや優しさ、懐かしさなど、なかなか一言で家族を言い表すことは難しいですが、本書の中に一つでも皆さんの家族の風景を見出していただければ嬉しいです。

そして俳句に添えられたぼくの文章はあくまで参考までにしていただき、読者の皆さんおのおのが、自分ならばこの句をこのように解釈するだろうという自由な発想で作品を読んでいただければと思います。

マンガを描いたねこまきさんは、必ずしも猫が出てこない俳句にも、作画の際、どこかに猫を登場させるというコンセプトを貫いています。その手腕にぼくは驚かされ、楽しませてもらいました。

このコラボレーションは、ぼくとねこまきさんが打ち合わせることは一切ありませんでした。お互い別々に、ぼくは文章を書き、ねこまきさんはマンガを描いていました。ネット上に連載としてアップされるときにはじめて、ぼくはねこまきさんのマンガを観ていたのです。

そのたびに「そうきたか!」とか「なるほど!」とか、ときには言葉にならず、ただ胸がじいんんとすることもありました。

俳句とマンガに触れながら家族を感じ、そして自らの家族のことを思ったり振り返ってみたりしていただければ幸いです。きっと大切な誰かに逢《あ》いたくなることでしょう。

堀本裕樹《ほりもとゆうき》

目次◆ねこもかぞく——ほんのり俳句コミック

ねこもかぞく

ほんのり俳句コミック

鋤《すき》焼《やき》や和《わ》気《き》藹《あい》藹《あい》の喧《けん》嘩《か》箸《ばし》

浜　明史

「よっしゃ！　そろそろいけるで！」と父の繁雄がスキヤキができたことを告げる。

「わあ、久しぶりのスキヤキやね〜。あんたら、さあ、食べよし」と母の房代。

「そのでかい肉いただき！　あ、あかんで。それ、ぼくのやで！」と弟の聡。

「そんなもん、早いもんがちやがな。そっちの肉も先にもろとこ」と兄の靖。

「こら！　靖、そないな卑《いや》しいことせんとき。食べてから次取りなはれ」と房代。

それでも靖は肉ばかりを素早く取る始末。聡はついに泣きだしてしまう。

「ドアホ！　こら、靖、お前だけの肉ちゃうねんぞ！」と繁雄がぶちぎれる。

「おとはん、こりゃ、肉取り合戦やで。ある意味、喧嘩やねんで」と靖、居直る。

「何がある意味、やねん！　せっかくのスキヤキやのに和気藹々と食べんかいな。見てみい、聡、泣いてるやんけ。スキヤキで弟を泣かすな！」と繁雄が一喝《いっかつ》。

靖が父の大目玉にしょげているあいだに、涙を拭いた聡、透《す》かさず肉を奪う。

冬

ぴょん
今年も大晦日はすき焼きよ
ぐつぐつ
わーっおいしそうっ
ぐい
おかえりミケ
にゃーにゃー
今年最後のパトロールは終わったの？
あんたの分も
ちゃーんとあるよ
牛肉をゆでたもの
ミケも家族だもんね
にゃーーっ
今年もお疲れ!!
カンパイ

勉強は二の次まづは日《ひ》焼《やけ》せよ

高田風《ふう》人《じん》子《し》

この句を読んだとき、なぜか思い出したのが「わんぱくでもいい、たくましく育ってほしい」というナレーションでお馴染《なじ》みだった丸大ハムのテレビCMだった。

一九七〇年代に流れたCMみたいだけれど、ぼくは七四年生まれなので、子ども心にも印象に残るCMだったのだろう。父と子がアウトドアの大自然のなかで、ナイフでハムを切り分けてワイルドに食べる場面が、この句の「日焼せよ」という強い呼びかけに結びついたのかもしれない。

ひょっとしてこの句で呼びかけられている子は、あまり体が丈夫でないのかもしれない。腺病質《せんびょうしつ》な子のことを思って、勉強はいいからとにかく外でしっかり遊んで日焼けでもして元気に育ってほしいという親の願いがこの句に見受けられるのだ。

「日焼」は夏の季語だけれど、それこそ夏休みにキャンプにでも子を連れていって、山河の美味しい空気を吸わせてやろうか、などと考える親心まで感じられる句である。

夏

バシャッ
バシャッ
ミーン
ミーン
ミン
ミン
ミン

受けてたのし子の手力《たぢから》の鬼の豆

細川加賀

この句を読んで、小学生の頃、節分の夜になると、必ず豆撒きをしていたなと懐かしく思い出した。「鬼は外、福は内」と言いながら、鬼に扮《ふん》した父に目がけて家族で豆を投げたものである。

冬の季語「豆撒」の傍題《ぼうだい》として「鬼の豆」「年の豆」「福豆」などあるが、立春の前日におこなうこの行事には邪気《じゃき》を祓《はら》い、春を迎える意味合いがある。

この句に登場する子は、まだ幼いのだろう。中学生や高校生の我が子に豆をぶつけられて「受けてたのし」とはならないはずだ。幼子《おさなご》の豆の投げ方もなんだか可愛《かわい》いし、全力で鬼にぶつけようとするけれど、当たったり当たらなかったりで、緩《ゆる》い豆がぱらぱらと飛んでくる。それが「子の手力」の表現に見て取れるのである。

鬼の役を演じる親としては、その子の一挙手一投足が可愛くて仕方がないのだろう。その弾《はず》んだ心持ちが、「受けてたのし」の上五《かみご》（最初の五音）の字余りで伝わってくる。冬

おには〜
そと〜〜
!
ふくは〜
うち〜〜
きゃっ
きゃっ
イラッ
ペッタン
ペッタン
鬼退治ニャ!!

貰《もら》はれる話を仔《こ》猫《ねこ》聞いてをり

上野 泰《やすし》

　何度かチャイムを鳴らしたけれど返事がないので、鍵がかかっていなかった玄関の戸を開けて「ごめんください」と声をかけてみた。すると、みゃあみゃあ鳴きながら、五匹の仔猫が現れてこちらによちよち歩いてきたので私はびっくりした。

「わあ、こんなにいるんだ」と目を丸くして手を差し伸べると、私の掌《てのひら》に乗ってきた一匹があった。

「この子がいい！」と直感すると、やがて濡れた髪をタオルで拭きながら、「ああ、小松さんですか。すみません、ちょっとシャワーを浴びていたもので」と言って、里親サイトの投稿者・猫太さん（ハンドルネーム）が出てきた。

「その子にしますか？　五匹も産んじゃってね。いやあ、助かります」

　にゃおんにゃおん、私の掌に乗ってきた仔猫が元気よく頷《うなず》くように鳴いた。

「はい。この子にします。真っ先に私の掌に乗ってくれたから。可愛いですね」

　にゃおんにゃおん、仔猫はまた頷くように鳴くと、いっそう私にすり寄ってきた。

春

ゴホン
おのおの方
よろしいかな
よーい
サッ
始め
しゃしゃしゃしゃ
さっ
先生!
にゃ
もにもに
たっ
飼い主
決定!
負けたー
ようこそ
先生!

朝ざくら家族の数の卵割り

片山由美子

日本の国花といえば桜であり、一分咲きから満開までその姿をちくいち愛《め》でながら、散っていくその様子さえも日本人は愛惜《あいせき》を込めて見守る。俳句の季語としては、「花」といえば桜のことを指す。

この句の季語は「朝ざくら」で朝の桜というと、江戸の国学者・本居宣長《もとおりのりなが》の一首「敷島《しきしま》の大和《やまと》心を人問はば朝日ににほふ山桜花」が思い浮かぶ。

「大和心とは何かと人に尋ねられたならば、それは朝日に光り輝き香る山桜のようなものだ」といった意味合いだが、この一首を踏まえて句をあらためて読むと、実に清々《すがすが》しい日本の家族の朝の団欒《だんらん》がよく見えてくる。

「家族の数の卵割り」とは目玉焼きなのか、卵かけご飯なのか。母親が家族の分の生卵をテンポよく割っていく軽やかな音まで聞こえてくるようだ。その卵が家族一人ひとりのきょうの活力になっていくのである。

朝ざくらがきょうの良き一日を暗示するように眩《まぶ》しく家族を照らしている。

春

春じゃな〜
チチチ
チュンチュン
チチチ
かしましいのぉ〜
ほっほっほ
チチチ
チチチ
チュンチュン
チチチ
チュン チュン
チチチチ
チチチ
チュンチュン
チュンチュン
チュンチチチィー
ほっほっほ
わしには
チュンチュンに
聞こえるのぉ
にー

村長を借りて走って運動会

古市やすこ

この句は借り物競走の場面であろう。徒競走の様相で走り出した子どもたちが、途中に置かれた紙をそれぞれ拾い、そこに書かれたものを探し出してゴールを目指すのである。

この句の借り物競走の紙には、「村長」と書かれていたのだ。村にある小さな学校の運動会だから、来賓《らいひん》席には村長も座って見物している。しかし、村長は自分が借りられていくとは思っていない。借りるほうも同じだろう。まさか村長を連れてゴールまで走るなんて思ってもみないことだ。

子どもが村長のいる来賓席のテントにぐいぐい入っていって、村長を見つけて手を差し出す。村長も慌《あわ》てて席を立ってゴールを目指す。子どもと村長が一緒に駆ける姿に、家族も会場も大盛り上がり。村長が転びでもすれば、さらに盛り上がる。

最近、春に催《もよお》すことも多い運動会だが、秋の季語である。「借りて走つて」という「て」の重なりが、借り物競走の慌ただしくも楽しいリズムを作り出している。

秋

ドドド
チチチチ
12
3
6
ドドドドド
ドドド
ダンッ
ガフッ
うにゃにゃ
ぐえ
ゴロゴロ
コラーーッ
ガバ
365日毎夜毎夜
運動会!!
いい加減にして!!
なんか怒ってる
なんで?

こどもの日小さくなりし靴いくつ

林　翔《しょう》

「きょうはこどもの日か……むかしは鯉《こい》のぼりも立てたし、武者人形も飾ったもんやなあ。母さん」

「そうやね。聡志が生まれて初めて迎えた端午《たんご》の節句のときは特に、父さんも張りきってはったねえ」

「うん。こどもの日も初節句も、俳句の夏の季語になってるらしいな。きょうの朝刊に載《の》ってたわ。聡志は、ゴールデンウィークは帰ってこんかったな」

「何の連絡もあらへんわ。東京は、そんなに楽しいとこなんやろか？」

「まあ、大学生のときだけやろ。自由にやりたいことできるんわ。そやけど、初めて、聡志に靴履かせて歩かせたときは可愛《かわい》かったなあ。ほんま、よちよちでなあ」

「覚えてる？　デパートの売り場でどの靴買うか、父さんと喧嘩《けんか》したの？」

「そやったな。あれから聡志は何足、靴履きつぶしたんやろ？　なあ、母さん」

夏

うんしょ
うんしょ
tissue
tissue
もそそ
tissue
tissue
♪ー
tissue
数年後
のっし
のっし
tissue
わしわし
tissue
tissue
ドカ

螢《ほたる》のみ待つふるさととなりにけり

正木ゆう子

昭和五十年代のぼくが子どもの頃、和歌山の実家近くの田んぼや用水路では、まだ蛍がたくさん飛んでいたものだ。今では用水路もコンクリートで固められ、田んぼに強い農薬を使っているためか、蛍の姿が見られなくなった。

「螢のみ待つ」というこの句の舞台は田舎《いなか》であり、自然豊かな故郷にはもはや父も母もなく、親しい血縁もいないような光景かもしれない。故郷はその土地そのものも故郷だが、そこにいる家族や血縁がいるからこその故郷ともいえる。

家族や血縁がいなくなって、蛍だけが飛んでいる故郷とはなんと寂しいところだろう。まるで舞い上がる蛍が、亡き者の魂《たましい》のように儚《はかな》い光を照らしかけてくるようである。

この句の「ふるさととなりにけり」という切字《きれじ》「けり」を使って言い切った潔さが、よけいに寂寥《せきりょう》感を掻《か》き立てる。

故郷を遠くにして蛍の舞を胸に思い描きながら、在《あ》りし日の家族の懐かしい情景を恋うているような一句である。

夏

里山で
ホタルの観賞会
キレイだったなぁ ホタル
うんっ 来年も行こうね!
あっホタル
えっ?
こんなところに!?
ありゃ ただの猫だ
なんだぁ ただの猫か
ただの猫で悪かったわね

ウミウシに近づきすぎか夏の姉

坪内稔典《ねんてん》

ぼくはウミウシを見たことはあるけれど、触ったことがない。毒々しいカラフルな色合いだけに、よけいに気持ち悪さを感じてしまうからだ。

漢字で書くと、牛の角のような触角を持っているので「海牛」。英語では「sea slug」というらしい。ウミナメクジである。なるほど、言われてみれば、海にいる巨大なナメクジといっていいかもしれない。

この句の姉はなかなか好奇心旺盛《おうせい》である。ちょっと危険や気持ち悪さを感じるけれど、ウミウシに近づいてあわよくば、つんつんと突いて触ってみたい。気持ちはわかるが、なんだかやめておいたほうがいいと、姉の家族は思っているようだ。

「近づきすぎか」に危惧《きぐ》が表れている。毒を持つウミウシかもしれない。

磯遊びする家族の一場面を切り取り、さらに姉の性格や様子をウミウシという生き物との距離感を通して、楽しく描いた物語性のある一句である。

夏

ウミウシ図鑑
すげえ種類いるなウミウシ!!
へえWiKiには「ウミネコ」って呼ぶ地域もあるって載ってるぞ
確かにあの後ろ姿似てなくもないな
あいつはシライトウミウシだ
ぐーーん
あいつはブチウミウシだろ
あいつはゴマフビロードウミウシだな
行ってきまーす 今日デートだから夕飯いらなーい
オトヒメウミウシ
でも姉ちゃんが一番似てんな

捨猫《すてねこ》の出てくる赤き毛布かな

津川絵理子

小学生の頃、段ボール箱に入った二匹の小さな捨て猫を見つけたことがある。友だちのT君と一緒に見つけたのだが、どちらも家で飼うことは許されず、段ボール箱に入ったままの状態で、親に隠れて空き地で飼うことにした。

しばらくミルクやお菓子をせっせと仔猫《こねこ》たちのもとに持っていって与えていたのだけれど、いつの間にかいなくなっていた。あの仔猫たちはいったいどこに行ってしまったのだろう。逃げ出したのか、誰かに拾われていったのか。

仔猫たちがいなくなってから、しばらくのあいだは「みゃあみゃあ」鳴いていた声や姿が目にすぐ浮かんできて、T君と二人で「どこへ行ったんやろなあ」と涙ぐんだものである。

この句は「赤き毛布」のなかから捨て猫が出てきたのだが、その後のことが気になる。無事に優しい人に飼われたならばいいのだけれど。

ちなみに「毛布」が冬の季語である。暖色の「赤き毛布」なだけに、この後、捨て猫は熱い愛情に恵まれる予感もある。

冬

くた
くる
くる
かわいい〜♡
ちっちゃいね〜っ
何しとる
授業始めるぞっ
ササササ
ここに〜
ぬく
ぬく

おでんの底に卵残りし昭和かな

曾根　毅《つよし》

ぼくはおでんが好きで実家に帰ると、必ず一回はおでんを母にリクエストする。それは子どもの頃に食べた変わらぬ家庭の味でもあるからだろう。そういう意味でいうと、コンビニのおでんはぼくにとって全くの別物である。子どもの頃に食べた、よく出汁《だし》の染みた関西の実家のおでんが、ぼくにとってのほんとうのおでんである。

好きなおでんの具はいくつかあるけれど、卵は格別である。いつも最後あたりに食べる。少なくなった具のなかで、卵がごろんと鍋の底に残っていると、不思議な存在感すらある。いろんな具のなかでぶつかり揉《も》まれて、少し欠けたりしている卵には妙な哀愁《あいしゅう》さえ感じられる。

この句はそんな卵が鍋底に残っている光景を捉えて、昭和という時代を詠嘆《えいたん》しているのである。平成の世も終わった時代には卵は安価に手に入る食材だが、昭和のある時期には卵がとても貴重であった。そんな激動の昭和がこの卵一個に見て取れる。

冬

この20年
ずっと
思ってたけど
あなた
おでんのタマゴ
食べ方変わってるわね
ぱか
タマゴは
最後まで
残して
黄身を崩さ
ないよう丁寧に
取り出し
一気に
頬張る
ぱくっ
パサパサ
しない？
私みたいに
お汁に溶かせ
ばいいのに
それは
品がない
いやいや
あなたこそ
やれやれ
また
はじまった

風鈴をはじめて聴いたときいくつ

黒田杏子《ももこ》

なんという詩的で郷愁《きょうしゅう》の溢《あふ》れた問いかけを含んだ一句なのであろう。この句を読むと、いったい自分は風鈴の音色を初めて聴いたのはいつであったろうかと思い返すものの、はて、それがさだかに浮かんでこないのである。

ぼんやりと靄《もや》に包まれた記憶のうすうすとした皮膜《ひまく》を剝《は》がすことができずに、どこかしら甘美《かんび》な陶酔のようなもどかしさが胸中に漂いはじめるのだった。

それはすでに母親の胎内《たいない》にいるときに聴いていたのかもしれないのだ。胎内にいながら、特に意識することもなく、ただ鳴っている風鈴を風鈴とも認識できないまま、遥《はる》か遠くから微《かす》かに語りかけてくるようなその音色をぶよぶよした軟《やわ》らかい全身の肌《はだ》を研《と》ぎ澄ませて聴いていたのかもしれないのである。

そう考えると、夏の季語である「風鈴」は単に涼気《りょうき》を作り出すだけでなく、原始的な響きを携《たずさ》えながら、郷愁よりももっと深い感情を刺激してくるようでもある。 夏

チリリーーン
チーーン
シャラララ
シャラララ
チリリ
シャラララ シャラララ
また買っちゃった
4つめほど

兄らしく弟らしく鯊《はぜ》を釣る

大串《おおぐし》 章《あきら》

「健二、浮きつけへんのか？」と兄。
「浮きなんてジャマくさいわ。脈釣《みゃくづ》りのほうが面白いって」と弟。
「そうか。ほな、俺は浮きをつけてと。さて、のんびりいくかなあ」と兄。
「よし！　キタッ！　かわいいハゼちゃんやんか。どんどんいくで！」と弟。
「おい、エサ付け替えへんのか？」と兄。
「大丈夫、大丈夫。まだちょっと付いてたよって。あ！　兄貴引いてるで！」と弟。
「わっ！　エサだけいかれたがな……。まあ、ええか。お茶でも飲むか？」と兄。
「そんなもん飲んでる暇ないよ。また、キタッ！　入れ食いやな」と弟。
「健二見てみい。向こうのおっちゃん、ごっつい鯉《こい》釣り上げたで」と兄。
「鯉どころやないで！　こっちは晩飯かかっとるねん！　兄貴も頼むで」と弟。
「よっしゃ」と言った兄の健一は、秋の夕日を惜《お》しみつつエサを付け替えた。

秋

にゃにゃ
たたた
とととと
にゃにゃにゃ
ハッ
ようこそお風呂へ♡
つかまえた!!
兄弟そろって風呂嫌いとは
きゃー
きゃー
にー
あきらめた↓

はじめての闇《やみ》との出合ひキャンプの子

藤原照子

この句にある「はじめての闇」とは、「ほんとうの闇」という意味合いだろう。

ほんとうの闇は、都市には存在しない。都市の闇は薄まった、飼い慣らされた闇だ。いまや田舎の山深いところに行かないと、ほんとうの闇はない。なぜなら、今は大抵のところに民家があり店舗があり自動販売機があり街灯があるからである。

ぼくがほんとうの闇に出合ったのは、小学生のときだった。和歌山の熊野《くまの》の山奥に、祖母の家があったのでそこで闇の恐ろしさを知った。

夜になると、とにかく真っ暗になる。街灯もないので分厚い闇に覆《おお》われ、外に出ても懐中電灯を持たないことには、夜は一歩も歩けないのだ。手探りで進むにはあまりにも恐怖が勝《まさ》る。そのとき、「ああ、これがほんまの闇なんやな」と心に刻まれたのだった。

この句では、夏の季語「キャンプ」で闇に出合う。おそらく都会の子どもだろう。「はじめての闇」に足がすくんだろうが、真の闇を知って少し大人になるのだ。

夏

さあ お前たち
ご飯だよ
にー
にー
にゃにゃーーん
うにゃ〜
にゃーーーん
見ろよっ!! ウワサ通り夏なのに真っ黒い服だし、黒猫ばっか三匹も飼ってるぜ
怖えええ マジで魔女じゃねっ
やべえ!? 見つかったーー!! 呪われっぞ 逃げろーーっ
ぎゃーーっ
たまたま今日は黒いワンピースだっただけ 猫だってたまたま黒猫だけ貰い手がなかっただけなのに!!
魔女!?って
ガーーン

爺《じい》棲《す》めり五匹残りし猟犬と

谷口智行

ぼくの故郷である和歌山は、イノシシやシカ狩りなどのときに活躍する猟犬の「紀州《きしゅう》犬《いぬ》」の産地である。天然記念物に指定されている紀州犬だが、自分より大きな獲物《えもの》に立ち向かっていく勇猛な性格を持っている。

この句には五匹の猟犬が爺さんと一緒に登場するが、ただ共に棲んでいるとしか言っていない。「五匹残りし」ということは、むかしはもう少し数がいたのだろう。またなんとなく爺さんの伴侶《はんりょ》である婆《ばあ》さんも亡くなっているように思える。

爺さんは体が動くうちは猟をしていたけれど、もう現役を引退して五匹の猟犬と日々穏やかに暮らしているのだろう。猟をしていた頃は、爺さんも血気《けっき》盛んであり猟犬もハードな仕事をこなしていた。ときには力を合わせて大きな獲物を倒した。

今では爺さんは五匹の猟犬を連れて、気ままな散歩に出掛けるような日常なのだろう。爺さんと苦楽をともにして年を取っていく猟犬にも哀愁を感じる。

冬

ひゃ
ガサササ・・
パキ
フーーッ
フーッ
ミギャー
シャー
ミギャギャギャー
フシャー
りつも
ありがとね
あんたたちー
ふんっ
おととい来やがれ

初《はつ》泣《なき》を抱き廻《まわ》しておりにけり

寺井谷子

「ほらあ、俺はあかん言うたやろ。だいたい俺の顔見て泣きやむわけないやんか」

いかにも悪役で出てきそうなごつい顔の伯父さんが、ぼくの姉の赤ん坊を伯母さんに手渡しながら言った。姉はいま買い出しに行っており、テレビでは箱根駅伝が流れている。画面には先ほど足をつり立ち直ったものの、やはり不調のようでふらふらになって泣きながら走る選手が映っていた。もう少しで襷《たすき》を繋《つな》ぐことができる。

「はい、はい、麻理ちゃん。ええ子やね……わあ、ますますあかんわ」

伯母さんもあっさりあきらめて、泣きわめく麻理ちゃんをおばあちゃんに廻した。麻理ちゃんを抱き上げたおばあちゃんが、「よい、よい、よい」と小刻みに麻理ちゃんを揺らしながらあやしていると、ようやく泣きやみそうになった。

「ただいま！　麻理、ええ子にしてた？」

麻理ちゃんは姉の顔を見た瞬間笑い、駅伝選手は泣き笑いの顔で襷を繋いだ。

新年

ネコだーっ
ネコーっ
きゃーーーッ
きゃ
きゃ
きゃ
またおいで
バイバーイ
お前もご苦労さんやったなぁ
ぐったり…

刑務所の門にバス待つ日傘《ひがさ》かな

酒井三代治

このバスを待っているのはどんな人なのだろう。それを想像するだけでも、幾通りもの物語が生まれてきそうだ。

たとえば受刑者と面会を終えて、日盛《ひざか》りのなか、バスを待っている女だとする。刑務所内ではこもって聴こえていた蟬《せみ》の声が戸外に出ると、急に喧《やかま》しく耳を圧迫してくる。夏の日差しが鋭く差してくる。刑務所の門の外は真夏だと思い至る。

太陽を見上げ、先ほど面会したばかりの人のことを思い、日傘をさす。日傘をさすと、女を覆《おお》うだけの日陰ができる。日陰のなかでその人のことを思う。

その人は夫なのか、兄妹なのか、父なのか、母なのか。誰がどんな罪を犯して入所したのか、この句からはわからない。

わからないけれど、バスを静かに待ちながらその人のことを思っている雰囲気が伝わってくる。女は何か物思いに浸《ひた》っているのかもしれない。

バスがやってくる。女は刑務所を振り返り、日傘をそっと掲げて振ってみる。

［夏］

じーわ
じーわ
スク…
なで
にー

木《き》の国の木の香《か》なりけり茸《きのこ》飯《めし》

藤本美和子

子どもの頃、秋になると、松茸《まつたけ》を食べることがごくふつうだった。それは家がお金持ちだからというわけではなく、地元和歌山の山で採れたからだ。

松茸はスーパーで買うものという考えなど一切なく、誰かが山で採ってきてくれて食卓に並ぶものであった。だから上京してきて、都会のスーパーで売っている松茸の値段などを見ると、眼を丸くした。そしてこんな高価なものを子どもだった自分はばくばく食べていたんだなと思い、今更ながら山の恵みに感謝したのだった。

松茸は父や親戚のおじちゃんが、山ほど採ってきてくれたこともあった。そんなときは松茸をたっぷり炊き込んだご飯や大きく裂《さ》いて焼いたそれを豪快に食べた。

和歌山こと紀国《きのくに》は、ほとんどが山地で木がたくさんあるので「木の国」の意味を含んでいる。茸はどこかしら木の香りがするもので、その最たるものが松茸といっていい。「匂《にお》い松茸、味しめじ」と言うけれど、松茸には松茸の滋味《じみ》がある。 秋

今日はきのこご飯だよーっ
秋だねっ
おーいしーい
へんにゃの
あれがそんなに美味しいのかにゃ？

補《ほ》虫《ちゅう》網《あみ》担《かつ》ぎて父の先を行く

本橋康子

「お父ちゃん、はよ行こ！　きょうはぜったいカブトムシ捕《と》るで！」と息子。

「そやな、きょうはきっとおるで。虫かごいっぱいにしたろやないかい」と父。

「うん！　クワガタもおるかな？」と息子。

「そら、おるやろ。おらんかったら、出てきてもらわなしゃあないがな」と父。

「出てきてもらうって？　そんなことできるん？」と息子。

「そら、できるがな。おい、わしの息子がこんな森まで挨拶《あいさつ》にきとるんやぞ。ちょっと顔出したらどうや、言うたら、ひょいと顔出しよるわい」と父。

「そうかな？　ほんでも顔出したら、ぼくに捕られてしまうんやで」と息子。

「ものは言い様や。顔出してくれたら、おうちに招待してぎょうさん甘い蜜《みつ》ごちそうさせてもらうさかい、言うたらええねん。実際そやろがい？」と父。

「そやな。ほんまに蜜いっぱいあげるで！　お父ちゃん、はよ行こ！」と息子。

［夏］

ミーーン
ミーーン
おーい
待ちなさい
どこまで行くんだ
ミーーン
ミーーン
うにゃ
猫なんだから
散歩はひとりで
行ってくれよ
なんで毎日オレを
誘うんだよ
よーし
寝るぞ〜
にゃー
大人なんだから
ひとりで
寝なよー
に〜…

虚子《きょし》の忌《き》の犬小屋にまた猫がおり

鳴戸奈菜《なるとなな》

俳人の高浜虚子《たかはまきょし》が亡くなった四月八日は「虚子忌」として春の季語になっている。俳壇の重鎮《じゅうちん》であった虚子の忌日《きじつ》に、犬小屋に猫が居座っているのが、なんだかとぼけた感じでおもしろい。

しかも「また」だから、この猫はしょっちゅう犬小屋に来ては、あくびでもしてひとときを過ごすのだろう。

しかし、ちょっと謎なのが、この犬小屋には飼われている犬が実際いるのだろうかということだ。気の弱い犬で、猫が来ると小屋を明け渡してしまうのかもしれないけれど、ひょっとしてもう飼い犬は死んでいて小屋だけが残されており、そこに猫が立ち寄っているとも考えられるのである。

もし犬が死んでいるとしたら、急にこの句の風景が淋《さび》しげに見えてくる。この猫は生前の犬と親しくて仲良くしていたとしたら、小屋をひんぱんに訪ねてくる猫の姿がたまらなく愛《いと》しく、切ない光景となって胸を打つのである。

春

!?
誰？
ここはボクの家なんだけど
出てってくれない？
いや
なんや
なんや
しょーがないなあ
子猫が巣立ったら
すぐ出てってよ
3年後
いつになったら
出て行くの？
そのうちなー

町《ちょう》会《かい》の議題は雀《すずめ》蜂《ばち》のこと

奥坂まや

「では、次の議題に移ります。先日、三丁目のゴミ捨て場の近くの藪《やぶ》からスズメバチの大群が山田さんに襲い掛かり、数ヶ所刺されて病院に運ばれました。幸い命は助かりましたが、まだ三日前の話であり、巣は駆除されていません。それでどうしたものかと……

はい、小川さんの意見ももっともなんですが、駆除にはなかなかお金がかかるんです。

スズメバチと申しましても、見つかったのはオオスズメバチのようで……

はい、芝さんのおっしゃる通りで、オオスズメバチの駆除は値段が高く……

それが河野さん、助成金制度はこの町ではまだなくてですね……

それは難しいんじゃないですか、井上さん、我々素人《しろうと》では……

そう、結局それしかないと思うんですよ、私は石田さんと同意見ですね。では、皆さん、
町内に寄付を募《つの》ってその基金で駆除するという方向でよろしいでしょうか？

はい、何でしょうか、山口さん。え、息子さん、駆除業者なの？　格安で？　それ、早く言ってよ〜」

春

捨て猫の会
近頃 我々のなわ張りを 荒らす奴がおる
よって今日から にゃんにゃんパトロールを 強化する!!
どこの猫か 知らんが とっちめて やろうぜっ!!
のっし のっし
あっ!! あいつや
もしょ もしょ
コラァ ここはワシらの シマやー!!
!!
野良アライグマ
2本足で 逃げた!?
スタタタタ…

成人の日の晴着着て墓参り

清崎敏郎

この句には季語が二つある。新年の季語「成人の日」と秋の季語「墓参り」である。一句のなかに季語が二つ以上あることを「季重なり」というが、この句のメインの季語は「成人の日」といえるだろう。

墓参りはお盆によくおこなわれることから、初秋の季語になっているけれど、季節を問わずお参りされてもいるので、一年に一回しかない成人の日のほうが、この句ではメインになるのである。

さてこの句には、省略されていることがある。それは誰のお墓かということだ。でも、いろいろと想像はつくだろう。亡くなった父か母か兄妹か祖母か祖父か、それとも遠いご先祖様のお墓か。

誰のお墓かによって、この句の思いの趣《おもむき》も変わってくる。たとえば、自分を育ててくれた父か母のお墓だったら、「おかげさまで成人になりました」という感謝の念が一番強く出るだろう。天国から晴着姿を見て、深く頷《うなず》く亡き人の姿が思い浮かぶ。

新年

子猫だ〜〜っ
に〜
あなたは今日からむぎちゃんよ
に〜に〜
おめでと〜な
今日から一年生だね
うん
行ってらっしゃい
むぎ〜行ってきま〜す
ヨボヨボ
うにゃ〜〜ん
きれいだよ〜〜
成人式行ってくるね
行っといで〜
3年後はあたしの番にゃーね♡

茄《な》子《す》漬《づけ》の色鮮《あざや》かに母とほし

古賀まり子

ぼくが大学生だった頃、夏休みに故郷の和歌山に帰省するのが、一番胸が躍《おど》ったことかもしれない。故郷を離れてこそ、そのありがたさが初めてわかるものである。帰省の楽しみの一つに、番茶の茶粥《ちゃがゆ》とぬか漬けの漬物をいただくことが挙げられる。どちらも母の手作りである。ささやかではあるけれど、これがたまらない。

和歌山では茶粥のことを「おかいさん」と言って親しまれている。「お粥」が訛《なま》って「おかい」になり、「さん」を付けて「おかいさん」になったのだろう。

「茄子漬」も「胡瓜《きゅうり》漬」も夏の季語で、どちらもおかいさんと相性がいい。古漬けでも、浅漬けでも美味しいけれど、この句のように茄子の紫が「色鮮かに」出たものはとてもよい漬かり具合である。

この句は自分で茄子漬をこしらえて、その色に遠くの母を想っている。鮮やかな紫色に母の柔和《にゅうわ》な笑顔が重なって見えてくるようだ。同時にかつて、母が漬けてくれた茄子の味をも恋しがっているようでもある。

夏

ナスが
たくさんできたよ
にゃー
美味しいね
にゃあ

一から十分《わか》る妻ゐて冷奴

藤本蓼巴

この句から長いあいだ連れ添っている夫婦の姿が見えてくる。「一から十分る妻」は、夫のあらゆる好みをはじめ、暮らしのなかでのさまざまな習慣を熟知しているのだろう。たとえば、夏の季語である「冷奴」の食べ方のこともその一つである。

まず木綿豆腐がいいのか、絹ごし豆腐がいいのか。豆腐選びから夫の好みははじまっている。いや、その前にどこそこのお店の豆腐がいいというところまで決まっているかもしれない。

それから、冷奴をどのようにして食べるのか。薬味は葱《ねぎ》だけなのか、必ずすりおろした生姜《しょうが》を添えるのか、それともそこに刻んだ茗荷《みょうが》も必要なのか。

その冷奴にどんな酒を添えるのかも夫の好みがあるかもしれない。

とにかく妻は冷奴一つとっても、夫の好みに気を配っている。それが長いあいだ連れ添ったこの夫婦のかたちであり愛情なのだろう。夫の感謝がささやかな冷奴に託《たく》されている。

夏

なお〜ん
はいはい
おいしい?
うな〜
カリカリ
うななな〜
はいはい
そーなの
気持ちいいのーっ
ぐるるぐるる
はいはい
な〜ん
ザク
ザク
なお〜ん
はいどーぞ
カリカリ
ガシャーン
違ったのね

今日こそは今日こそはと今日障子《しょうじ》貼る

及川 貞《てい》

この句のおもしろいところは、「今日」を三回も繰り返して一句のなかに詠《よ》んでいることである。そしてこのリフレインが句に独特のリズムを与えているとともに、障子を貼り替えようとする作者の心理をうまく捉えているのだ。

「障子」は湿度を調節したり保温効果も高いために冬の季語になっている。だから本来「障子貼る」という作業は、冬の前におこなわれることだったので秋の季語になっているのである。

この句は冬に備えて「今日こそは今日こそはと」思いながらも、なかなかおっくうな貼り替え作業に手が付けられないでいる気持ちが最初に示されている。

しかし三回目に出てくる「今日」は、いよいよ障子の貼り替えを実行する日として使われている。有言実行の今日なのである。

「今日こそは」という思いはいろんな事柄にもいえるが、「障子貼る」の季語と取り合わされたことで詩情が生まれた。

秋

ああっ!!
また障子破いたね!!
よし!でき…
ベリ
ベリ
全く何度修理すりゃいいんだいっ。
…し
きゅるるん
ばあちゃんこれはみっともないよ…
直す気が失せたのよ

子との距離いつも心に磯遊び

福永耕二

「磯遊び」は春の季語だけれど、潮だまりにいる生き物を見つけて戯《たわむ》れるのはほんとうに楽しいものだ。潮だまりはいろんな生き物が寄り集まっている天然の生簀《いけす》みたいなものだから、子どもだとよけいにわくわくするだろう。

ぼくも子どもの頃、磯遊びが好きで潮だまりに潜《ひそ》んでいるカニやヤドカリなんかを探しては掌《てのひら》に這《は》わせたものだった。小さなカニやヤドカリが掌をちょこちょこ這うと、それがくすぐったくて「かわいいやっちゃなあ」という愛《いと》おしい気持ちになる。

あんまり磯遊びに夢中になると、どんどん潮だまりを求めて波打ち際に近づいていったりしてしまうから、親としては子どもから目が離せない。

この句は、磯遊びに興じている我が子を愛情深く見守る親の目線で詠《よ》まれている。愛情は「子との距離」をいつも気に掛けている親の眼差《まなざ》しに表れているのだ。子どもに何かあったらすぐに駆けつけられる距離が親子の安心にも繋《つな》がるのである。

春

近い近い
くるる
くるる
あとで！
あそぶ？
ぺとっ
ごろごろ
くる
も〜〜
邪魔だっ
フーの
ごろん♡
きゅるるるん♡
ぎゅ〜〜
かわいい!!

水鉄砲父を射つときかがやけり

軒口敏之

鉄砲は人の命を奪《うば》い、戦争に使われる兵器なのに、そこに「水」という言葉が付くだけでずいぶんと平和なものになるのがおもしろい。この句は夏の季語の「水鉄砲」を持って、父と子で撃ち合っている。いや、ここに母も加わっているかもしれず、家族で水遊びを楽しんでいる光景と見てもいい。

たとえば、父と母と兄妹で水鉄砲を撃ち合っているとしてみよう。この句では、兄が主人公である。兄は母や妹を撃つときは、どこか手加減をほどこす。優しい兄なのだ。しかし、父には容赦《ようしゃ》しない。真《ま》っ直《す》ぐに思いきり狙《ねら》いを付けて撃ちまくる。父も息子には手加減しない。父と息子で鉄砲の水が切れるまで撃ち合うのである。

そんな子が輝いて見えるのだ。いつか父を乗り越えてゆかねばという男子の心理が感じられる。父には負けないぞという反発もあるかもしれない。

「まいった！　降参、降参！」と叫《さけ》ぶ父の背中を見て、微笑《ほほえ》む息子の姿はやっぱりどこか眩《まぶ》しい。

夏

何を見てるんだろ
セミか…
そー…
そ…
ちょい
ばんっ
!
ビビー…
ドキドキ
いたい…
ねこを驚かしてはいけません…

帰《き》省《せい》子《し》の耳にピアスの穴ありぬ

中村与《よ》謝《さ》男《お》

「ただいま。ふう、腹へったわ。なんか食べるもんない？」と息子の浩一。

「おかえり。新幹線、混んでなかった？　お好み焼き作ったろか？」と母の敏子。

「指定席取ってたから大丈夫。でかいの焼いて。ナナも元気やった？」と浩一。

「ナナ、元気やで。ほら、にゃあにゃあ言いながらスリスリしに来たで」と敏子。

「ナナのこの肉球の匂い、落ち着くわあ。家に帰ってきたなって思うわ」と浩一。

「あれ、ナナ、どないしたんや？　なんか様子おかしいで、ナナ」と敏子。

「何が？　おかしないよ。なあ、ええから、はよ、お好み焼き焼いてよ」と浩一。

「あんた！　耳どないしたん？　ナナも不思議そうにじっと見てるやんか」と敏子。

「どないもこないもピアスやんか。なあ、ナナ。あ、ナナどこ行くねん！」と浩一。

「ナナも嫌がってるやん、あんたのピアス。似合わんねん、やめとき」と敏子。

「ピアスぐらい何やねん。ナナもナナやで。せっかく帰ってきたのに」と浩一。

浩一から離れたナナは、棚の上の浩一が小学生だった頃の家族写真を見てひと声鳴いた。

夏

子猫を友人宅へ里子に出した
じゃ この子もらってもいい?
に――
大事に育てるね
うんっ元気で暮らすんだぞー
5年後
急で悪いんだけど一晩だけ預かってくれない?
いいよー連れておいでよ
ごめんね助かるわぁ
ズン…
なんのなんのお互い様だよ
重い
もふっ
ぶみ~ん
お~っ
お前立派になってっ
ぶみー
ぐーーん

気泡《きほう》となりバンドの男帰る霧《きり》

藤田湘子《しょうし》

この句の「バンドの男」は、果たして世間的にいえば売れているのだろうか。ぼくはなんとなく、売れていないバンドマンだと思った。それは「気泡となり」という六音の字余りの出だしから、そんな雰囲気を感じたからだ。

もちろん演奏に力を使い果たして、抜け殻《がら》のようになっているのだろうが、どこか演奏後の虚《むな》しさが、この男の背中に張り付いているようである。

そして最後に「霧」とぽんと秋の季語を置いたところも、五里霧中《ごりむちゅう》という意味合いに通じる。そこにはバンドを続けることの先の見えなさが漂っているようだ。

男は霧の立ち込める夜更けの道を、とぼとぼと帰っていく。おそらく一人暮らしの部屋へ。故郷を遠くして、父と母にも恩返ししたいと思いながら、売れないバンド生活を続けているのだろう。

バンドだけで食えないから、アルバイトもしないといけない。この句の霧の向こうに、光り輝く夢の舞台は広がっているのだろうか。

秋

秋
今日も観客はお前だけか…
はー
にー
なぁ白黒
もう…潮時かもしれんな…
ほら昼メシ残しといてやったぜ
冬
よー白黒っ
悪かったなずっと来られなくてオレ就職したんだお前一匹くらいなら食わせてやれるからさ
にー
お前さえよけりゃ
一緒に来るか?

海を向くベンチの上の雪だるま

松尾隆信

海辺にある公園なのだろう。海へ向かってベンチが備えつけられている。そこに雪が降り積もり、子どもたちが来て雪だるまを作って去っていった。いや、子どもとは限らないかもしれない。大人だって雪だるまは作る。ひょっとして親子が作ったものかもしれない。そうやって、いったい誰が雪だるまを作ったのかというところから考えはじめると、この句の物語はさまざまに広がっていくだろう。

そしてなぜ、海に向くベンチの上にわざわざ雪だるまを作って置いたのか。雪だるまには眼や鼻や口を付けるから、その両眼は海へと向けられているように思える。雪だるまのこの状態は、それを作った人の意思をどこかに感じる。

また海を恋うような浪漫《ろまん》や何かしらの感情が込められているようにも推測できる。たとえば、かつてこのベンチに一緒に座った人のことを想って雪だるまを作ったのかもしれない。だが、その人とは何かしらの理由で離別したのだ。海とベンチだけが変わらずに今でも佇《たたず》んでいるのである。

冬

うろ
うろ
なーに？外に出たいの？
にゃー
にゃー
・・・・
カララ
♪
・・・・
寒っ
くるっ
あらもう帰ってきたの？
もー
雪はいいにゃ

なまはげにしやつくり止《や》みし童《わらべ》かな

古川芋蔓

秋田県の男鹿《おが》半島に伝わる大晦日《おおみそか》（かつては小正月《こしょうがつ》＝旧正月十五日）の夜におこなわれる「なまはげ」は新年の行事の季語で、ぼくもテレビで見たことがあるけれど、あれは子どもには、ほんとうに恐いだろうなと思った。だって「ウォーウォー」言いながら、いかつい鬼の面を被《かぶ》った男たちが家にぞろぞろ入ってきて、「泣く子はいねが！」と叫ぶのである。

なまはげの様子はユーチューブなんかでも見られるけれど、だいたい子どもは親にしがみついて全力で泣き叫んでいる。もの凄《すご》い恐怖なのだろう。

おそらく俳句でなまはげを詠《よ》む場合、泣く子を描いたものは類想としてたくさんあるだろうが、この句のような着想はあまりないのではないだろうか。

この句の童は、なまはげの異形《いぎょう》を目《ま》の当たりにしてびっくりしたのである。だから、それまでしゃっくりしていたのに、あまりの驚きに止まってしまったのだ。

なまはげの最中に「あれ？　しゃっくり止まった」という喜びとユーモアがある。［新年］

バーンッ
泣ぐこは いねーが〜
お父さん でしょ？
どーしたの ミノかぶって
もっと驚けよ〜 張り合い ないなぁ

嫁《とつ》がねば長き青春青《あお》蜜《み》柑《かん》

大橋敦子

「なあ、紀美子、いま好きな人おるのん？　付き合《お》うてる人がおらんのは、あんたの生活見てたらわかるけど」

母の真奈美が、離島に年頃の男女が集まってお見合いをするテレビ番組を真剣に見ている一人娘の紀美子に話しかけた。紀美子も年頃といえば年頃である。

「さあね……。さて、蜜柑食べよ。もう蜜柑出てるんやね。まだ、秋やで」

「ハウスものみたい。でも、スーパーで味見したけど、まあまあ甘かったで」

「あ、そう。蜜柑言うたら、炬燵《こたつ》に蜜柑。旬は、冬やもんね」

紀美子はそう言うと、青い蜜柑を器用に剥《む》いて、一房口に放り込んだ。

「わっ！　酸《す》っぱ！　うちの初恋より酸っぱいやん。酸いの当たってしもたわ」

「あんた、初恋からどれだけ時間たってんの？　そろそろもう……」

「はいはい。あ、違う！　三番は絶対五番の男子やって！　八番のイケメンに惑《まど》わされたらあかんって。はあ……お母さん、あした一緒に映画行こうか？……」

秋

ぽち
ぽち
あら
この方・・・
徳長みかん農園
勉のブログ
今日は青蜜柑の収穫でした
2018年9月16日
青蜜柑でジャムを作っても
美味いですよ。
金 土
2 3
9 10
16 17
23 24
次月
・・・・・・
コメントを投稿
名前
笹木雪乃
コメント
勉様、
偶然あなた様のブログをお見かけして、
懐かしい思い出が蘇りました。
覚えておいでではないかもしれませんが
60年前お隣に住んでおりました
笹木雪乃です
あの頃とは見違えるほどのみかん農園を
拝見し、どれほどご苦労されたかと
送 信
もう何十年も
経つのに
今更
こんなこと
書かれても
困るわよねぇ
やっぱり
消そう
あっ
ダンッ
Enter

にぎやかに夜店しまはれゐたりけり

浦川聡子

東京の暮らしに疲れてしまい、一度故郷の和歌山に帰っていろいろなアルバイトをしていた時期が二十代の半ばにあった。そのアルバイトの一つに神社がある。関西では「えべっさん」と呼ぶけれど、新年の季語である「十日戎《とおかえびす》」の折、福笹《ふくざさ》を作ったり古い笹や御守りを焼くための焼却炉の番をしたりするアルバイトをした。

十日戎には多くの夜店も出るのだが、焼却炉は夜店の近くにあったので、よくお店の人からたこ焼きやベビーカステラの差し入れをもらったりしたものである。

夜店はだいたい家族経営が多いようで、それが仕舞われる時間帯になると、この句のように皆でにぎやかに指示を出し合いながら、手際よく片づけられていった。

この句は夏の季語「夜店」だけが漢字表記で、あとはすべてひらがなで書かれている。夜店というかちっとした骨組みの建物が漢字表記で見えてくると同時に、それがしなやかに仕舞われていく様子が、ひらがな表記によって一層伝わってくる。

［夏］

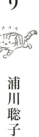

いかやき
大津甘栗
コ
今やっ
500円
1000円
1500円
ダダダダ
急げ
なにこれ!!
どっから
こんなに人間が
集まって来た?
おちおち
神社も横切れ
ないよなっ
ドンドコドン
こっちでは
輪になって
妙な動き
してる
人間て
変な生き物

初電話兄出て子が出てやっと母

徳富喜代子

「おお、美紀か。明けましておめでとさん。おかんか？　おるけど、いま玄関先で隣のおばちゃんと話しこんでるで。あ、ちょっと待ってな。美紀ネエやで」

受話器の向こうの美紀は、母の豊子に真っ先に伝えたいことがあった。真っ先に伝えるのは、今電話に出た兄の雅也でも父の義則でもないと思っていた。

「美紀ネエ、明けましておめでとう。帰ってけえへんの？　そうなん、明日くるんや。うん、待ってる。お年玉も期待してる。うん、ほな、ばあばに代わるわ」

姪《めい》っ子の沙耶ちゃんもしっかりしてきたな。ちゃっかりもしてきたけど、お年玉弾《はず》んであげるか。それにしても新年から井戸端会議とは、お母ちゃんらしいわ。

「お母ちゃん、わたしできたんよ。え？　何がって。そう、そのもしかしてや。やっとできたんよ。わたし、がんばって妊活してたもん。どないしたん、お母ちゃん？　もしかして泣いてるのん？　うん、元気な赤ちゃん産むよ。明日、帰るからね」

新年

母さん 元気かな
お母さん
ルルルル ルルルル
そろそろ 電話しとくか
もしもし 明美？ あっ ちょっと 待ってて
ほら ミィちゃん 明美よ
ミィちゃん？ 今レオに 代わるね
はい ミィちゃん だよ〜 レオ
お母さん
・・・
なにこれと 思うネコたち でした
にー
にー

子のつくる言葉あたらし牡丹雪《ぼたんゆき》

上田日差子《ひざし》

この句の作者のお子さんである現ちゃんが、ある雨の日、車のワイパーが動いているのを見て、「あれなあに」と問うたそうである。母である作者は、名称を答えたものの、どのように説明していいか考えていた。

すると、「あめのおそうじね」と現ちゃんが言ったそうで、そこからヒントを得て生まれたのがこの句のようだ。

「あめのおそうじ」とは面白い発想である。また、子どもにしか表現できない、純真な柔らかさがこの言葉に宿っている。まさにこの句の「子のつくる言葉あたらし」であろう。

そして、「牡丹雪」が春の季語だ。この牡丹雪という言葉にも純真な美しさが込められている。雪の一片一片が大きく、まるで牡丹の花びらのように降ることから、「牡丹雪」と名付けられた。

空から牡丹雪がふわふわとたくさん降ってくる。子どもの言葉も新鮮なものに触れると、次々にたくさん溢《あふ》れてくる。牡丹雪が新しい言葉の断片のように見える。

春

家で「マジ卍」が横行
今日さー部活8時間ぶっとーしマジ卍…
うわーマジ卍〜
姉
妹
ぜんぜん勉強してないのに100点マジ卍!!!
ぷっ
卍オーーッだねーー
100点
母毒される
このケーキウマすぎーっ!! マジ卍!!
父毒される
父の会社
課長!! 契約取れました
何!? 今月5件目じゃないか!!
お前は最強の部下だ!! マジ卍♡
ガシ
課長?
はっ
卍禁止
は? もー使ってないし

春の夜の蚊《か》よ蚊にさぞや会いたけれ

池田澄子

「春の夜」という季語は艶《つや》めいた雰囲気を伴いながら、明るさのなかにどこか陰翳《いんえい》を感じさせるものである。

この句は「春の夜の蚊よ」と出だしから蚊に呼びかける不思議な響きを湛《たた》えている。人間はなかなか蚊のことを思い遣《や》って、それに呼びかけるような真似《まね》はしないものだ。近寄ってきたら、刺される前に手で打ってしまうのがふつうだろう。

けれども作者は蚊の気持ちを慮《おもんぱか》るような態度を取っている。そしてこの蚊にまるで好きな蚊がいるとでもいうように、恋模様を感じ取って「さぞや会いたいだろうに」と蚊の恋の相手のことまで考えるのである。

これは蚊に対する単なる思いやりではないだろう。どこか作者の恋心が、春の夜の蚊に託《たく》されているような趣《おもむき》がある。自分にも会いたい人がいるけれど、きっと蚊であるお前にも会いたい蚊がいるんだろうねという呟《つぶや》きが含まれているように思えるのだ。

[春]

プーーン
!
虫虫♥
虫だ♥
虫だ♥
ピト
パフ
プ〜ン
夏まで生きられないかも…
そもそも寿命2ケ月だけど

朝顔が日ごとに小さし父母訪《と》はな

鍵和田《かぎわだ》柚子《ゆうこ》

故郷から離れて暮らしていると、盆と正月くらいしか親に会う機会がない。そう考えると、年に二回しか会えない計算なので、果たしてあと何回親の顔が見られるのだろうか。特に親が歳《とし》を取ると、数えるくらいしか会えないことにはたと気づくのである。ぼく自身、故郷の和歌山を出て暮らしているので、そんなことを考えたりするのだけれど、なんだか切ない気持ちになる。会えるときに会っておかないと、と思う。

この句は朝顔の様子を通して、そんな親を慕《した》う心持ちを詠《よ》んでいる。元気に咲いていた朝顔が日の経つにつれて、勢いをなくして小さくなっていく光景と、遠くで暮らしている年老いた父母の姿とが不意に重なって思い浮かんだのである。「ああ、しばらく実家に帰っていないなあ。二人は元気にしているだろうか。そろそろ訪ねていこうか」と思いながらも、なかなか日々の雑事に追われ、訪ねられない心境もこの句から見て取れる。

ちなみに「朝顔」は秋の季語で、夏ではない。

秋

愛読者カード

ご購読ありがとうございました。今後の参考とさせていただきますので、ご協力をお願いいたします。また、新刊案内等をお送りさせていただくことがあります。

【1】本のタイトルをお書きください。

【2】この本を何でお知りになりましたか。

1.書店で実物を見て　2.新聞広告(　　　　新聞)
3.書評で(　　　　)　4.図書館・図書室で　5.人にすすめられて
6.インターネット　7.その他(　　　　)

【3】お買い求めになった理由をお聞かせください。

1.タイトルにひかれて　2.テーマやジャンルに興味があるので
3.著者が好きだから　4.カバーデザインがよかったから
5.その他(　　　　)

【4】お買い求めの店名を教えてください。

【5】本書についてのご意見、ご感想をお聞かせください。

●ご記入のご感想を、広告等、本のPRに使わせていただいてもよろしいですか。
□に✓をご記入ください。　□ 実名で可　□ 匿名で可　□ 不可

郵便はがき

切手をお貼りください。

102-0071

東京都千代田区富士見一ー二ー十一
KAWADAフラッツ一階

さくら舎 行

住所	〒　都道府県		
フリガナ		年齢	歳
氏名			
		性別	男　女
TEL	(　　　)		
E-Mail			

さくら舎ウェブサイト　www.sakurasha.com

ガササ
ぐぐ
にゃっ
たっ
もぞぞ

茄子の馬人が居《お》らねば蟹《かに》が来て

岸本尚毅《なおき》

秋の季語「茄子の馬」は、もうあまり見かけなくなりつつある風習だと思うが、お盆の時期に茄子《なす》や胡瓜《きゅうり》に苧殻《おがら》（麻の皮をはいだあとの茎《くき》）の脚を差して付け、魂《たましい》の乗り物とされる。

魂とは亡くなった人の霊魂《れいこん》ともいえるけれど、お盆にその魂が家に戻ってきて、そして再び帰っていくのに、この茄子の馬にまたがって行き来するのである。

この句の茄子の馬には誰の魂が乗ってきて去っていくのだろうか。「人が居らねば蟹が来て」の「人」をどのように解釈するかで、この句の光景が変わってくる。「人」を亡くなった人と解釈すると、もうその魂はあの世からやってきて家に迎え入れているのかもしれない。また「人」をその家の生きている人だとも解釈できるだろう。

どちらにしても茄子の馬に蟹が静かにやってくる風景には、どこか寂しさが漂う。もしかして茄子の馬に乗り遅れた魂が、蟹にまたがってやってきたのかもしれない。

［秋］

釣れたっ
くいくい
ミケもカニ釣った
にゃっ

夏《なつ》休《やすみ》最後の日なるひかりかな

小澤　實《みのる》

この句を読んだとき、まず浮かんでくる時代は、高校でも中学でもなく小学生の頃の夏休みであった。それほど小学生の夏休みは印象深く楽しかったのだろう。

ぼくにとっては、夏休みイコール田舎に帰ることで、和歌山市の実家から熊野《くまの》本宮《ほんぐう》（田辺市）にある祖母の家に家族で訪れた。和歌山の北からだんだん南に行くにつれて、山深くなっていくのだが、夜中の山道の水銀灯にはいろんな虫たちが集まってくる。

水銀灯があるたびに父は車を停めてくれた。灯下に来ているカブトムシやクワガタを捕まえるためである。多いときには祖母の家に着くまでに虫かごいっぱいにそれらが蠢《うごめ》くほど取れた。そんなふうにしてぼくの夏休みは本格的にはじまった思い出がある。

しかし夏休み最後の日は何をやっていたのか。おそらく宿題に追われていたのだろう。自由研究の仕上げをしていたのかもしれない。けれども明確に思い出せない。掲句《けいく》はそんな曖昧《あいまい》な記憶を切々とした甘い追憶の「ひかり」に変えてくれた。

夏

wednesday
水曜日
31
8月
MEMO
夏休み最終日
全くやってない夏休みの宿題
毎日やっておかなかったからよ
うううう
今更どーやったって間に合わないよ
にゃ
空耳
にゃ
そもそも勉強なんて将来なんの役にも立たないって
あそぼ
あそぼ
にゃー
そーだな
そーだにゃ
そーだにゃ
どーして宿題やってこなかったんだ
猫にそそのかされまして
猫のせいにするな!!

母さんと吾《あ》を呼ぶ夫《つま》と豆の飯《めし》

渡辺純枝

自分のところの家族を振り返ってみてもそうだが、父が母のことを名前で呼んでいる場面に出くわさない。やはり父は、この句のように「母さん」とか「お母さん」と母のことを呼んでいる。

どうしてだろう。照れ臭いのか、呼び慣れないのか、それとも子どもができて、夫婦生活が長くなると、自然に「母さん」「父さん」とお互い呼び合うようになるのだろうか。むかしは名前を呼び合っただろうに。

この句は古語的な読み方をしないといけない部分が二つある。「吾」と「夫」である。「吾」は、「あ」「わ」「われ」などの読み方があるが、この句では一音の読みでないと五七五にならないので「あ」か「わ」と読むのが適当である。「夫」は古語では「つま」と読むからややこしい。この句でも「つま」と読むとリズムがいい。

えんどう豆を炊《た》きこんだ夏の季語「豆の飯」を夫婦で食べている。ご馳走《ちそう》でなく日常の食卓にのぼる豆飯が、ふだんの呼び名となった「母さん」と緩《ゆる》やかに響き合う。

夏

おーい
ハミガキ粉 ないぞー
おい かあさん？
そーか今日は クラス会が あるから
夜まで 帰らんと 言ってたな
と、言うことは
にゃにゃー
パンツで 寝転がっても 怒られないぞ
にゃ
ばふんっ
パンツで ご飯食べても 怒られない！
もぐもぐ
チラ
……
ガラ…
ただいま～
あー つかれたぁ
おかえりー
にゃー
猫と旦那が 飛び出して 来たわっ
やれやれ

扇風機《せんぷうき》好むインコの喋《しゃべ》り出す

堀口星眠《せいみん》

「ほんま、けったいなインコやで。扇風機のそば、離れへんがな」父の正彦が、息子の孝雄に言った。インコが涼しそうに目を細めている。

「そやな。鳥も暑いんやろか。そやけど、ピースケはぜんぜんしゃべれへんなあ」

「賢そうな顔つきしてるけどな。ひと言もしゃべらへんな。父ちゃんはいっつも、ピースケに、宝くじ当たりますようにって言うてるねんけどな」

「そんなん言うて、効力あるか？　ふつう神棚に供《そな》えてお願いするんちゃうの？」

「ピースケ、青いインコやんけ。青い鳥は幸せ運んできてくれるんちゃうかなと、父ちゃん思てるねん。なあ、ピースケ、宝くじ当たりますように。頼むわ、ほんま」

すると、いきなりピースケが早口で「宝くじ当たりますように！」と呟《つぶや》いた。

「すごい！　ついにしゃべりよった！」孝雄が興奮する。

「父ちゃんの思いがやっと通じたわ！　しかもピースケの声、扇風機の前やさかい、宇宙人みたいになってたやんけ！」

夏

夏
ぶーん
ぶーん
あ゛あ゛あ゛あ゛あ゛あ゛
冬
ぶーん
あ゛あ゛あ゛あ゛あ゛
うるさい…

東京に刺身のやうな西《すい》瓜《か》かな

野口る理

今思い返すと、ぼくの故郷の和歌山には西瓜があふれていたように思える。それは親戚が畑で栽培《さいばい》していたり近所の人の誰かしらが育てていたりしたからだろう。夏場にはそのお裾分《すそわ》けが、冷蔵庫や台所の片隅《かたすみ》に転がっていたような記憶があるのだ。

西瓜といえば、ほとんどの人が夏を連想すると思うが、季語では秋の分類になるからややこしい。立秋は八月七日頃だけれど、その頃から西瓜の最盛期を迎えたり甘みが増したりするというのが理由のようである。

現代では七月に西瓜の最盛期を迎える土地も多いと思われるので、やはり季感《きかん》が曖昧《あいまい》な季語かもしれない。

さて、この句だが「東京」の地名がよく効いている。たとえば、お店の定食のデザートなどに付いてくる西瓜が赤身の「刺身のやうな」サイズと薄さであろう。西瓜の味はするけれど、なんだか食べた気がしない。西瓜が上品なお口直し的存在になって消費されがちなのが東京なのだ。西瓜はやはりかぶりつきたいものである。

秋

うわ ほっそ
細く切りすぎじゃね？
それでいーのよ
はい どーぞ
あーーん
美味しそーに食べるね スイカ
しゃくしゃく しゃくしゃく
珍しいよね スイカ食べる猫

生家とは熟《う》れ放題の柿榠《か》樝《りん》

ふけとしこ

熊野《くまの》本宮《ほんぐう》の祖母の家の庭には、柿の木があってよく生《な》っていた。でも、鴉《からす》がやってきてその実を落とされたり食べられたりしていた。

やがて祖母が亡くなると、その柿の木も切られてしまった。熊野から大和《やまと》へ神武《じんむ》天皇を導いたとされる八《や》咫烏《たがらす》の神話があるだけに、この地で神聖視されている鴉たちは、柿の木がなくなった今も変わることなく天空を飛び巡っている。

この句を読んだとき、生家ではないけれど、そんな亡き祖母の庭の風景が浮かんできたのである。この句には柿だけではなく榠樝も生っている。

「熟れ放題」なのが野性味があっていい。と同時に、あまり収穫されていないのだろう。一抹《いちまつ》の寂しさもある。

おそらく生家には両親だけが暮らしており、柿も榠樝も食べきれないのだろう。子どもらがいた頃は柿も榠樝も収穫されてたくさん食べたに違いない。

この句の裏側には、かつての一家団欒《だんらん》のにぎやかな風景が透《す》けて見えるようだ。

［秋］

この風景も今日で見納めなんて
やっぱり寂しいわね
仕方ないわ 父さんも母さんもいってしまって
この家も役目を終えたのよ
庭で一緒に遊んだわね姉さん
そうね
はい これっ カリンの砂糖漬け
あらっ ありがとー
このカリンもこれで終わりよ
さよなら我が家
50年間ありがとね

母と娘の声がそっくり冬支度《ふゆじたく》

今井つる女《じょ》

「もしもし、晴子さん？　きょうの映画やけど、ちょっとおじいちゃんの具合悪いさかい、行かれへんようになってしもてん。ごめんな」

母の友人の鈴江さんからの電話に、娘の結花が出ると、

「あ、ご無沙汰《ぶさた》しています。結花ですけど、母呼んできますね」

と慌《あわ》てて対応した。

「え？　結花ちゃんやったん？　ごめんごめん。わあ、似てるわ、声。晴子さんにそっくりやわ」

「そうですか？　電話やからよけいそう感じはるんとちゃいますか？」

「いや、やっぱり似てるわ。しばらく結花ちゃんには会ってないけど、声まで似てきたなあ。ほな、晴子さん、ちょっと呼んでくれる？」

二階で冬着を出したりして冬支度をしている晴子を結花が大声で呼ぶと、受話器から「いやあ、ほんま似てるわあ」と感心する鈴江さんの声がまた漏《も》れてきた。

秋

みーちゃん
ちーちゃん
ぴくっ
はいはい
はい
ごはんよ
ゴロゴロ
お母さん大好き♡
みーちゃん
ちーちゃーん
はいはい
はいはい
娘
やっ
おめーがミ
くる
ハー
くるん
ちょっと

嫁《よめ》が君《きみ》父の家いま兄の家

辻田克巳《かつみ》

この句は、「嫁が君」の意味がわからないと解釈が混乱するかもしれない。知らないで読むと、兄のお嫁さんのことかな、なんて思ってしまうかもしれないが、そうではなくて正月三が日のあいだ鼠《ねずみ》のことを「嫁が君」と呼ぶのである。

「えっ？　鼠なの？」と驚かれるかもしれないけれど、正月は縁起《えんぎ》を担《かつ》ぐので鼠の語源に通じる「盗み」や「寝盗み」などの暗いイメージを避け、同時に大黒天《だいこくてん》の使いとされる鼠を「嫁が君」と称《たた》えるように呼んで大事に扱うのである。これでこの句の光景が見えてくるだろう。

かつて父が住んでいた家には兄が移り住んでいる。父が亡くなり兄が引き継いだその家は、鼠が天井裏《てんじょううら》をときどき走るような古い建物なのだ。

作者はその兄の弟であり、正月の挨拶《あいさつ》に訪れた生家の雰囲気を懐かしく味わいながら、むかし父母や兄と暮らした家族の風景を思い出しているのである。

嫁が君の走る音もどこかほのぼのとして正月に明るさを添えるようだ。

新年

正月
正月三が日は何しても何食べてもえーぞー
わーい
カリカリ
カリ
カリ
何
鼻パンチ
ポコ
ポコ
早まるにゃっ三が日だけは我慢しろ!!相手は大黒様の使いにゃーーっ
飼い主に怒られるぞっ
キキキー♪

かはるがはる末っ子あやす冬の星

大高翔《しょう》

　末っ子をあやしているのは誰だろうかと考えたときに、ぼくはその兄弟が目に浮かんだ。末っ子の上に何人くらい兄弟がいるのだろう。「かはるがはる」と詠《よ》んでいるから、二人以上はいるだろうと考えられる。

　たとえば、三人いたとしたら、それぞれ末っ子のあやし方も違うはずだ。よくわからずに抱き上げて体を揺する者もあれば、優しく語り掛けたり、オモチャを使って気を引かす者もいるだろう。その必死になって末っ子をあやそうとする兄弟の健気《けなげ》な様子を想像すると、こちらまでどこか優しい気持ちになる。

　しかしそもそもこの子はなぜ駄々《だだ》をこねて泣いているのだろう。冬の星から何かを感じ取っているのだろうか。

　単に風景として冬の星をこの句に配するのもいいけれど、末っ子が冬の星と目に見えぬ交信をしてぐずっているようにも思えるのだ。

冬

しんしん
にゃんにゃん
くるるん
はい交代ー
うん
きゃっきゃっ
ゴロゴロ
はいタッチ
しっぽしっぽ
あれから6年……
大きくなったにゃあ……
行ってきます
ガチャ
いってらっしゃい

風《か》邪《ぜ》うつしうつされわれら聖《せい》家《か》族《ぞく》

伊藤白潮《はくちょう》

「聖家族」を『広辞苑』で引いてみると、「幼児《おさなご》イエスと聖母マリアおよび聖ヨセフの三人の家族をいう。絵画・彫刻の題材。神聖家族」と記されている。では、この句に詠《よ》まれているのはその三人なのかというとそうではないと思う。

「おとん、くしゃみしまくるさかい、受験やのに風邪うつされたわ」と息子。

「ほんまやで。うちまで悪寒《おかん》するわ。いまさら遅いけど、マスクしてや」と母。

「すまんなあ。会社で風邪はやっててな。そや、褞袍《どてら》でも着とこ」と父。

「おかん、雑炊《ぞうすい》と生姜湯《しょうがゆ》作って。勉強、もうひと踏ん張りするさかいに」と息子。

「よっしゃ。お父ちゃんも雑炊食べて薬飲んで、はよ寝て治しいや」と母。

ひょっとしたら、こんな家族かもしれない。この句では三人家族を「聖家族」に見立てて、ユーモアを交えて詠んでいる。

ちなみに会話に出てきた「くしゃみ」「風邪」「マスク」「褞袍」「雑炊」「生姜湯」は、すべて冬の季語である。

冬

ぽり
ぽり
なんだろ すごくかゆいんだよねー
ぽりぽり
アレルギーじゃない？
いい皮膚科紹介しよーか？
井伊皮膚科
腕と首に発疹ができてかゆいんです
ねこのみですね
えっ？
ねこのみ
あれか…
聖家族
イエス
ヨセフ
マリア
獣医さんにも行かなきゃ…
ノミ取り薬
なーに？

泣き虫の子猫を親にもどしけり

久保より江

「さあ、昌代さん、五匹おるさかい、好きな子猫持っていってええよ」

昌代さんの俳句仲間の絹子さんが、親のそばにいる子猫たちを指差して言った。

「五匹も一度に産んだやなんて、ようタマちゃんもがんばりはったなあ」

昌代さんは感心しながら、その中の一匹を手に取って眺《なが》めた。

「みんなかわいらしいけど、その子もかわいいねえ。その子にする？」

「そうしよかな。ずっと猫飼いたかったさかい、ほんまうれしいわ」

そのとき、その子こと茶トラの子猫が、突然みゃあみゃあ激しく鳴き出した。

「わあ、親から引き離されるのわかったんやろか？　こないに鳴いて」

昌代さんは、人間の赤ちゃんをあやすように子猫を揺すりながらつぶやいた。

「そうなんやろか？　やっぱり別れのときが、なんとなくわかるんやろか」

絹子さんと昌代さんはお互い顔を見合わせた。そうして昌代さんが母猫の懐《ふところ》にそっと子猫を戻してやると、その茶トラの子の鳴き声はぴたりとやんだ。

春

好きな子を里子に迎えてね
みんな可愛いな
どうしよ
じゃこの子にしようかな
!!
!
にー
に、にー
にー
にー
に
に
に
にゃー
にゃー
にゃー
にゃー
にゃー
にゃー
はいごめんね
にゃっ
親子を引き離すつもり？
じ…
もらいにくいな

潮《しお》干《ひ》潟《がた》海が死ぬかと子の問ひぬ

大石悦子

子どもはときに突拍子もない質問をすることがあって、そのたびに大人をどきりとさせたり悩ませたりするものだ。

この句ではそんな子どもの質問がそのまま一句になっている。

「潮干潟」が春の季語で、潮が引いて海の底が現れた状態である。その干潮時《かんちょうじ》、春の季語である「潮干《しおひ》狩《がり》」がおこなわれたりするけれども、ぼくはあまり潮干狩をした思い出がない。

その代わりにこれもまた春の季語である「磯遊《いそあそび》」をやった記憶はある。蟹《かに》やヤドカリを捕まえて掌《てのひら》に載せたり、それらを並ばせて競走させたりして遊んだものだ。

でも、ぼくは海の生き物と遊ぶことに夢中になって、この句のような「海が死ぬか」なんて哲学的なことは考えたり思いもしなかった。

海が干上《ひあ》がってしまってその子は心配したのだろう。ひょっとして海も死んだりするのだろうか。子どもの真《ま》っ直《す》ぐな問いが、鋭い諷刺《ふうし》をも含んでいるようだ。

春

今日は腹いっぱい食わしたるぞ!!
あれを狩る!!
やめときな
あれ
アオサギ
思ったよりデカかった…
だから言ったのに
こわかった…

ビーチバー水着姿の老夫婦

樋口登代子

この句を読んで思い浮かべる光景は、日本というよりもどこか異国のビーチを思わせるのはなぜだろうか？　おそらく「水着姿の老夫婦」が外国人のほうがさまになるからだろう。そして日本ではあまり見かけない風景だからかもしれない。そもそも南国的なビーチバーが開放的で洒落《しゃれ》ている。ダイキリとかモヒートとか飲みたくなる雰囲気である。

この句をよく見てほしいのだけれど、助詞「の」以外、「ビーチバー」「水着姿」「老夫婦」とすべて名詞で詠《よ》まれているのだ。動詞や形容詞がないのに、この老夫婦の表情まで想像できる。

微笑《ほほえ》みながら楽しそうに話している姿やお互いカクテルを手にして目を細めながら沖のほうを見つめている様子などが見えてくる。どこかしら年輪を重ねた夫婦にしか出せない親密な空気が感じられるのだ。

老夫婦は過ぎ去った季節をビーチの若い二人連れに重ねて眺《なが》めたりしながら、グラスの氷を鳴らすのである。

夏

BEACH
やっぱりハワイはいいわね〜
そーだなぁ
ダンッ
あおーーん
ドカ
¥99,800
ぷっ
ぺったん ぺったん
バカだなあ お前を置いて行くわけないだろーーっ
ハワイより あんたが大事っ
うな〜 ならばよし☆

我等《われら》の世蓑虫《みのむし》鳴かずなりにけり

加藤楸邨《しゅうそん》

『枕草子《まくらのそうし》』には「虫は」と題して「虫は鈴虫。ひぐらし。蝶《ちょう》。松虫。きりぎりす。はたおり。われから。ひを虫。蛍。蓑虫、いとあはれなり」とある。

では、なぜ蓑虫にしみじみと心をひかれるのか。それはこの虫を鬼の生んだ子として、親が粗末な着物を着せて逃げてしまったからである。「帰ってくるから待ってろよ」と言って去った親を恋しいと想いながら、蓑虫は「ちちよ、ちちよ」と鳴いたという。

そんなことから、「蓑虫」の別称は「鬼の子」「父乞虫《ちちこうむし》」「みなし子」となって「蓑虫鳴く」とともに秋の季語になっている。

この句は昭和五十五年に作られたものだから、「我等の世」とは昭和になってとも解せるし、近代になってとも解釈できるだろう。ひょっとして平安時代には蓑虫もまだ鳴いていたのかもしれないけれど、現代では全く鳴かなくなってしまったというこの句にも、深い哀れを感じる。

秋

目薬さすよ
シャーッ
ぜったいイヤ!!
シャッ
!!
イタ…
シャーーーッ
ばっ
ピタ…
必殺
くるくる
おくるみ
猫をタオルでくるむとなぜかおとなしくなる…
※個体差あり
ポテ
しーーん

にぎやかに死の話して敬老日

湯澤由紀夫

九月の第三月曜日である祝日「敬老の日」は、高齢者を敬《うやま》い、感謝を捧げる日といっていい。そんな日に「死の話」をするなんてと思うかもしれないけれど、そこを捉えて詠《よ》むことが俳句のユーモアともいえる。

おそらくにぎやかに話しているのはお年寄り同士ではないだろうか。この句に主語はないけれど、お茶でも飲みながらお年寄り同士が集まって、死ぬことについて、オープンにいろいろと話している風景が浮かんでくる。

ぼくもお年寄りに俳句を教えているが、みんなとても元気だし、最近よく聞くのが、「ピンピンコロリ」という言葉である。病気に苦しまずに長生きしてコロリと死ぬことが理想的という意味合いから「ピンピンコロリ」。

長寿県である長野には、「ピンピンコロリ地蔵《じぞう》」や「ぴんころ地蔵」まであるそうだ。この句のように、にぎやかに死の話ができる仲間がいることも長寿の秘訣かも。

秋

15歳
きゃっ
きゃっ
頭がよくて
背が高くて
ケンカが強い美青年と
病弱な恋がしたい
妄想恋愛談義
25歳
あはは
あははは
子育て談義
45歳
うちの旦那ときたらさー
ペチャ
うちもよー
クチャ
うちのなんてさーっ
旦那の悪口大会
85歳
ピンピンコロリがえーな
やい
やい
私が死んだら散骨してな
眠るようにスーっといきたいわ
死に様談義

猫さがすビラ見てをりぬ夕桜

細谷喨々《りょうりょう》

たまに行方不明になった飼い猫を探しているというビラを見かけることがある。そこにはその猫の特徴、名前、性別、どのへんでいなくなったかなど、手がかりになる情報がいくつか書き込まれている。手書きの文字から、飼い主が心底から心配しながら、必死になって探している気持ちが伝わってくるビラもある。

そんなビラに出会うと、こちらまで心配になるときがある。早く見つかってほしいと心から応援したくなる。今ごろどこを歩いて、どこで寝ているのだろうか。家族同然だった猫は家路を忘れてしまって、帰りたくても帰れないのだろうか。

この句の猫探しのビラも、どこかの掲示板か電柱にでも貼ってあったのだろう。せめて桜が咲いている間に、ひょっこり見つかればと願いながらビラを見る。

春の季語「夕桜」からもどことなく憂愁《ゆうしゅう》が感じられる。夕日が桜の花々に陰翳《いんえい》をもたらし、猫探しのビラを切なく照らし出している。

春

みけーーっ
みけーーっ
みけーーーっ
ただいま
ガラ
もう1週間も帰ってこない…どこ行っちゃったんだろ…
1週間ぶり
よっ
ミケ
わーーー
みけーっ
なんにゃ?

独り出て道眺《なが》めゐる盆《ぼん》の父

伊藤通明

ぼくはお盆と聞くと、不思議な安らぎと親密な空気を感じる。それは小学生の頃に必ず、熊野《くまの》本宮《ほんぐう》の祖母の家に親戚が集まって、わいわい賑《にぎ》やかになった思い出が今でも胸のなかに残っているからかもしれない。

そしてもう一つ言えば、ぼくの誕生日が八月十二日でお盆の直前だから、よけいに胸の高鳴りがあった。親戚のみんなに「おめでとう」と言ってもらえるからだ。

でも、お盆はどこかやっぱり寂しい。体感的にはまだまだ暑いが、しかしひぐらしもしきりに鳴いて、すでに秋の初めの風が微《かす》かに吹きはじめる。

この句は、そんな初秋の道に出て、父親が佇《たたず》んでいる姿が描かれている。「独り出て」、道を眺めながらこの父は何を思っているのか。ただ道を眺めているのではないだろう。

その道にはきっと亡き人の面影《おもかげ》を立たせているに違いない。亡き人の魂《たましい》がすっと盆の道に現れて、この家に帰ってくるのを父は待っているのだろう。

秋

8月16日
にー
おーミケや
また来年な

食積《くいつみ》の一画《いっかく》すでに嫁の味

海輪久子

皆さん、「食積」という言葉をお聞きになったことがあるだろうか？　ぼくはまだ俳句初心者だったとき、新年句会に出てはじめて知った。俳句をやりはじめるとこういうことがよくある。知らなかった季語や言葉に出合う喜びが、そこにはある。そんな知る楽しみもあって、俳句がやめられないという人も多い。

食積は新年の季語で、今でいうおせち料理のことである。祝い肴《ざかな》を重詰《じゅうづ》めにしたものという意味合いから食積と呼ばれる。

さて、この句の面白いところは重箱の一画が「すでに嫁の味」になっていることだ。義母と嫁とが一緒におせち料理を作ったのだろう。その重箱の一画に収まるべく、何らかの料理がお嫁さんに託《たく》されたのだ。

黒豆か、膾《なます》か、くわいの煮物か。お嫁さんはきっと緊張したに違いない。自分の料理が、義母に認められるかどうかは、その家に受け入れてもらえるかどうかにも繋《つな》がるだろう。この句からは、嫁の味に義母の頷《うなず》く姿が見える。

新年

正月
ひょこ
ごちそーや
ため吉ー
おやつあげよか?
嫁
姑
ほーら
おいでため吉
お年玉やで~
どーしたの?
ため吉
食べんの?
どっちのおやつを
先に
食べるべきか…
やめたりゃあ
困っとるがね

水洟《みずばな》を拭《ふ》かれこどもや話止めず

榮猿丸《さかえさるまる》

「風邪《かぜ》」は年中引くものだが、四季のなかでも一番かかりやすい冬の季語となっている。風邪の周辺の季語といっていいのが、「咳《せき》」であったり「嚔《くさめ》」であったりするのだけれど、「水洟」もその一つだ。「鼻水」「みずっぱな」などの言い方でも俳句に詠《よ》まれている。俳句は雅《みやび》なものとばかり思い込んでいる人がたまにいるが、実はそうではない。風邪のような病気も季語になるくらい、俗な側面も持ち合わせている。

さて、この句は子どもの流す水洟がティッシュかハンカチで拭かれている様子を詠んでいる。おそらく母親か父親が拭いているのだろう。

子どもは水洟を拭かれている間も次々と話したいことが湧《わ》きあがってきて、「あのね、あのね」と言葉が出てくるのだ。何か楽しいことでもあったのか。

「話止めず」は作者が意図的に施《ほどこ》した字余りだが、子の話す勢いをそこに込めている。［冬］

ペロ
ペロペロ
にー
にー
母ちゃん
オデも
なめて〜
オデもー
オデもー
はい
はい
母ちゃん
にー
母ちゃん
にー
ふ

まゝ事の飯もおさいも土筆《つくし》かな

星野立子《たつこ》

春の季語である「土筆」が、にょきにょき生えているのを見つけると、なんだか胸がときめくのはなぜだろう。ああ、春だなと嬉《うれ》しくなる。ひょろ長いのやら、短いのやら、傾いているのやら、一本一本に伸び方や表情があるようで眺《なが》めていると、つい可愛くて笑顔になってしまうのだ。

この句は、ままごとに土筆を使っている。ぼくには小さな女の子と男の子の姿が見えてきた。お父さん役の男の子をリードしながら、お母さん役の女の子は積極的に会話をしようとする。

ままごとに使うのは、二人で摘《つ》んできた土筆である。飯には土筆の頭の部分をたくさんちぎってオモチャのお茶碗に盛っているのだろうか。「おさい」は漢字で書くと「御菜」。菜を丁寧《ていねい》に言った表現で、おかずのことである。

「ねぇ、あなた、いっぱい食べてね。おかわりありますから」

そんな女の子のちょっとませたセリフが聞こえてきそうである。

春

はいプレゼント
くまさんのリュックだよー
わー
ジー
あらっ
お腹におやつが入ってた
choco
くまさんがどーぞって
ありあと
たたた
タマにはチャック付いてないから…
わさ
わさ
にぃ〜…

冷麦《ひやむぎ》やさらりとかはす妻の愚痴《ぐち》

磯村光生《こうせい》

皆さんは震《ふる》えを抑えながら、真冬の縁側で冷麦を食べたことがあるだろうか？　ぼくはある。といっても自分から好んでそうしたわけではなくて、ＣＭの撮影のために食べたのである。五月ごろから流すＣＭに備えて、冬場に撮影したのだ。

五月ごろからＣＭが流れ出すということは、もちろん冷麦は夏の季語である。冷素麺《ひやそうめん》もしかり。季語を知ると、食べ物の旬の時季もわかるようになるからいい。

さて、この句には冷麦を食べている夫婦が詠《よ》まれているが、妻は愚痴をこぼしている。何の愚痴かは省略されているから、読み手が想像するしかない。夫の態度に対する愚痴、主婦としての愚痴、共働きの愚痴、子どもの教育に対する愚痴、いろいろあり得る。

しかし、夫は冷麦をつるりとすするように、さらりと愚痴をかわす。どうやら長年連れ添った夫婦に見える。妻の愚痴のかわし方を心得ているようだ。

妻も愚痴を吐《は》き出すだけ吐き出すと、すっきりして冷麦をすすり終えるのだろう。

夏

ミーン
ミーン
あつい…
ガラ
！
ひょこ
ひょこ
はー 涼しー…
ひんやりー
アイス
暑いのはわかるけど閉めていいですか？

油《あぶら》虫《むし》叩《たた》きいちいち見せにくる

中谷楓子

「油虫」と漢字で書くと、草木にたくさんくっ付いているカメムシ目《もく》の小さなアリマキだと思う人がいるかもしれないが、この句のそれはゴキブリのことである。

夏になると、台所を中心によく出没するのでゴキブリは夏の季語になっているけれど、現代では室内が比較的温かいためか、冬でもゴキブリに出くわすことがあってびっくりさせられるものだ。

そしてこの句のように叩いて仕留めたゴキブリをわざわざ「ほら、こんなでっかいのがいたよ！」と見せにこられるのもびっくりさせられるし勘弁《かんべん》してほしいものである。

この句に勘弁してほしい気持ちが垣間見えるのは、「いちいち見せにくる」という表現からよく伝わってくる。誰が油虫を叩いて誰に見せに行ったのかは句には詠《よ》まれていない。子が仕留めて、母に油虫を見せに行ったのだとすれば、「やめて！」の金切り声が聞こえてきそうだ。

夏

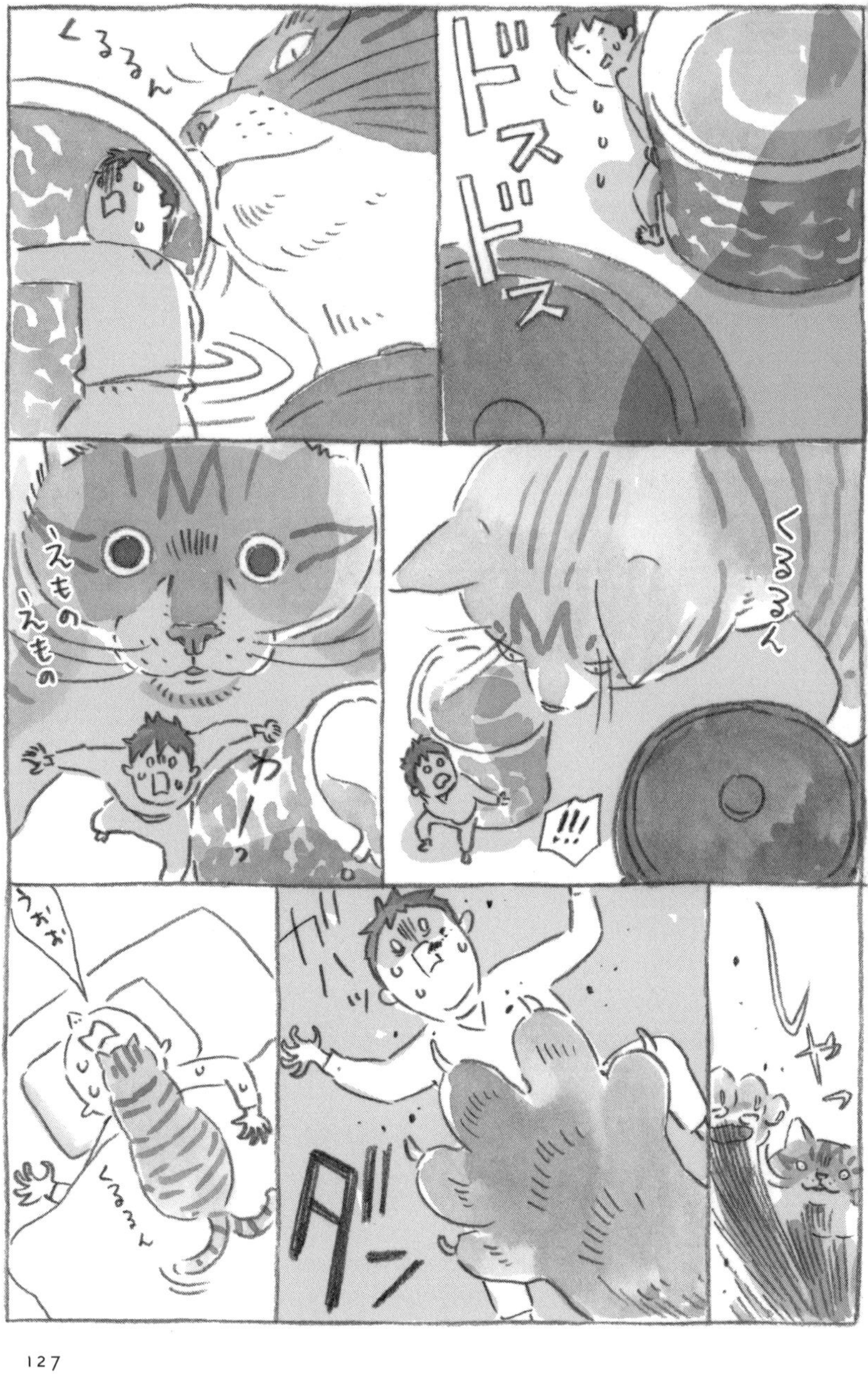
ドスドス
くるるん
くるるん
!!!
えもの
えもの
ガー!?
シャッ
ガバッ
ダーン
うおお
くるるん

浪人の子に特別のお年玉

大塚とめ子

第一志望を目指して浪人しているのか、それともどこも受からなかったのか、それはこの句から想像するしかないが、親の目線で我が子を詠《よ》んだことがわかる。予備校にでも通いながら、受験勉強に勤《いそ》しんでいるのだろう。

遊んでいる浪人生には、「特別なお年玉」をあげようという気持ちにはならない。頑張っているからこそ、このお年玉でさらに奮起《ふんき》してもらいたいと思っている親心がうかがえる。

心ある浪人生ならば、このお年玉は胸に沁《し》みるだろう。浪人して親に迷惑をかけつつ、金銭を頂戴《ちょうだい》するのである。親に対して悪いなあと思う。でもアルバイトもしないで勉学している身にとってはこのお小遣いは非常にありがたい。

「年玉」を丁寧《ていねい》に言った語がお年玉で、年頭の贈り物のことをいう。室町時代あたりから盛んにおこなわれ、その頃は物品の贈り物だったようだ。明治時代以後に金銭が用いられたという。ぼくが子どもの頃は、親戚中を廻《まわ》って年玉を貰って集めるのが、ゲームのようで楽しかった。

新年

坊ちゃんお正月まで頑張ってるぞ。
合格!!
今年こそ合格!!
合格
今年こそは努力が実るように
みんなで応援しようじゃないか
坊ちゃん頑張って!!
努力は必ず報われますよ!
私たちがついています!
わーっ またお前たちは余裕ない時に限って
甘えてくるんだから
合格
ぐー
ぐー

父も子も音痴《おんち》や野《の》面《づら》夕焼けて

伊丹三樹彦

「われは海の子白波の～♪」と野原を息子と散歩しながら、父の俊介が突然歌い出す。
「なんで今、海なの？　こんな野原にいながら」と息子の勇人がつっこむ。
「いや、俺が生まれ育った紀州《きしゅう》の海の夕日を思い出しとったんや」と俊介。
「そっか。和歌山のお祖母ちゃんも今ごろ、夕日見てるかなあ」と勇人。
「浜に出て見てるんちゃうか。勇人もばあちゃんと夕日見とったな」と俊介。
「すごく綺麗《きれい》だった。来年の夏休みこそ、お祖母ちゃんに会いたいな」と勇人。
「そやな。最近、田舎に帰れてないさかい。来年は海で泳いで夕日見よか」と俊介。
「ぜったい約束だよ。父さん、最近、働きすぎだから息抜きしないと」と勇人。
「息子もオヤジのことを気遣う歳《とし》になったか」と俊介、目を細めて夕日を見る。
「われは海の子白波の～♪」と、俊介と勇人が同時に歌い出す。
「勇人、オンチやなあ～」「父さんに似たんだよ」と二人、顔を見合わせて笑う。

夏

鈴虫やちちははの靴ならびをり

堀本裕樹

この句は、ある日の帰省した折の風景である。

「ただいま」と玄関の扉を開けると、父と母の靴が並んで置かれている。ぼくが幼かった頃は大きく見えた両親の靴も、自分が成長した分、だいぶ小さく見える。

靴箱の上には、鈴虫の飼われているガラスケースが置かれている。餌の胡瓜《きゅうり》が入れられたケースのなかでは、鈴虫が時折羽を震《ふる》わせて鳴いている。

ぼくにとって当たり前のこんな風景が、「ああ、家に帰ってきたな」という気持ちにさせてくれる。

父と母が元気に暮らしているからこそ、玄関に二人の靴が並んでいるのである。

父も母も歳《とし》を重ねて、ぼくもなかなかいい歳になってくると、この当たり前の風景が、ふとした拍子に胸に焼きつけられたりすることがあるものだ。

故郷とは、このようなありふれた風景のいくつもの重なりなのかもしれない。

秋

リリリリ
リリリリ
リリリ
リリ
可愛い女の子が来ますように
鈴虫が鳴くのはオスがメスに求愛するため
リッ
!?
どーしよ…女の子じゃなくて猫が来ちゃった…

家事一切言ひおいて出る涼しさよ

高田正子

「もうすぐ出ないとヨガに間に合わないから！　あとはよろしくね！」

土曜日の朝十時ごろ、母の浩美が玄関で靴を履きながら、台所にいる娘の莉奈とリビングのソファで寝っ転がっている父の良則に声を掛けた。

「ママ、お昼はなんか食べるものある？」と莉奈がまだ寝ぼけた声を出す。

「冷蔵庫に納豆と小松菜のお浸《ひた》しがあるでしょ！」と浩美。

「ええ〜、それだけ……。お腹すいちゃうよ」と莉奈が不服を申し立てる。

「ママ、ビール冷えてる？」とあくびを噛《か》み殺しながら良則。

「それで足りなきゃ、きょうはカップラーメンでも食べといて！　ビール冷えてるわよ！

もう時間がない！　あ、洗濯もうすぐ終わるから干しといてね！」と浩美。

「ねぇ、ママ、ラーメンってこれだけしかないの？」と莉奈。

「おい、ビール一本しか冷えてないじゃないか、ママ」と良則。

「もう〜、うるさい！　行ってきます！」浩美はドアを閉めて駅へと駆けだした。

夏

この3人で旅行なんて結婚してから初めてね
楽しみね!!
このお刺身美味しい!
ほんとーっ家じゃあ食べられないわ
しかも上げ膳据え膳
旦那と子供ちゃんと食べたかしら…
結局家族が気になっちゃうのよね
電話する?
ポチ
家
もしもし私みんなご飯は食べた?
食べたよ心配しなくていいからゆっくりしてこいよ
もしもしお母さんだけど
もしもしあなた?
ちゃんとごはん食べた?
おうっラーメンとギョーザ食ったぞ
ちがうってーあの子たちは食べたの?今何してる?写メして写メ!!
オレはどーでもいいのか…
にゃりーん

浦人《うらびと》の皆としよりぬ梅の花

山本洋子

先日、熱海から伊豆大島へジェット船に乗って渡り、一泊二日の旅をしてきた。そのとき、大島の南端にある波浮港《はぶみなと》に立ち寄ったのだが、この句の情景がなんとなくその港の様子に重なって見えてきたのである。

そのむかし、波浮港は遠洋漁業の中継基地として栄えたようだが、今は港に停泊している船も少なく、至って静かでのんびりしている。

「浦人」とは浦辺に住む人のことで漁師や海女《あま》などの意味だが、お昼過ぎに訪れたからか、波浮港には人気《ひとけ》がほとんどなかった。ただ地元の高校生らが、海に石を投げて遊んでいただけだった。

この句の「浦人の皆としよりぬ」は、若い頃は漁師や海女の仕事をばりばりこなしていた人々が、やがて歳《とし》を重ねて引退し、つつがなく暮らしている風景であろう。そこにはどこか重ねた齢《よわい》からくる哀れな雰囲気が漂いつつ、潮風に震《ふる》える梅の花がいっそう鄙《ひな》びた風《ふ》情《ぜい》を添えるようである。

春

よろず屋

婿《むこ》となる青年と酌《く》む年の酒

広渡敬雄《ひろわたりたかお》

この句の季語は「年の酒」で新年。「年酒《ねんしゅ》」「年始酒《ねんしざけ》」ともいうが、新年に年始回りの客にすすめる酒のことである。

ということはこの句、「婿となる青年」が新年の挨拶《あいさつ》に、婚約者の家族のもとを訪問した光景である。「婿となる青年」と詠《よ》んでいるので、すでに娘の両親側も婚約していることとは承知しているのだろう。

もうすぐ娘と結婚する婿をもてなすために、義父はお節料理をすすめ、青年と差しつ差されつしながら酒を酌み交わしているのである。結婚する娘の家族とはまだそんなに交流が深くないだろうから、青年にも少し緊張感がある。

この句にはどんな会話を交わしたかは一切書かれていないので、そのへんは読み手の想像力に任されている。義父と青年のあいだに漂うそこはかとない緊張感と気遣いの空気が、読み手の襟《えり》をも正させるようである。

新年

ミュージシャンの俺がこの日のために髪を切り身だしなみを整えた
ドキドキ
いつもの格好でよかったのに
なぜなら今日は彼女の両親に会うからだ
こーゆーのはちゃんとしないとさっ
どうぞ
お父さんいらしたわよ
まあ座りなさい
失礼します
音楽やってるって聞いたがよ
なんだ普通じゃん

さやけしや我《われ》に胎《たい》芽《が》といふ芽生え

日《ひ》下《が》野《の》由《ゆ》季《き》

季語「さやけし」は、秋の爽《さわ》やかな大気を意味するとともに、さっぱりとした気分にも通じる。切字《きれじ》「や」の働きによって、この句全体を清々《すがすが》しく包み込むように「爽やかだなあ」と詠《うた》い出しているのである。

妊娠八週未満の胚《はい》を「胎芽」といい、それ以後を「胎児《たいじ》」と呼ぶようだが、自分の体に宿った子をいのちの芽生えとして慈《いつく》しんでいる心持ちが伝わってくる。

我が体という土壌《どじょう》から、新たないのちの芽が生え出てきたように捉えて、まるでそれを冷静に観察するように「我に胎芽といふ芽生え」と表現したのがこの句のふくよかさになっている。母《ぼ》胎《たい》という大地を感じさせるのである。

そしてこの芽生えがみるみる大きくなっていき、やがて母胎から離れて一人の人間として成長していくのだ。胎芽というはじまりを「さやけし」と感じ取ったことは、新しいいのちを歓迎しつつ、共に生きていくことを言祝《ことほ》いでいるのである。

秋

誕生し
母の下を巣立ち
世界を知り
出会い
母になり
子を送り出した
あの時の母の気持ちがわかった日

子を思ひゐしとき子が来《く》春の暮《くれ》

安住　敦

この句を読んだとき、映画「男はつらいよ」の主人公・車寅次郎《くるまとらじろう》こと寅さんのことがふと頭を過《よぎ》った。

映画のなかでも身内が、旅に出ている寅さんのことを案じていると、それを察知したかのようなタイミングで、故郷の葛飾柴又《かつしかしばまた》の団子屋に不意に寅さんが姿を見せるのである。それは映画だから都合よく設定しているといえばそうかもしれないけれど、でも実際「以心伝心」でこの句のようなことが起こりうると思う。

ちょっと話は逸《そ》れるけれど、東京で暮らしているぼくは、ある日父が臥《ふ》せっている夢を見たとき、不吉な予感がしたので実家に電話してそのことを伝えた。

電話に出た母から「あれ。いまお父さん、体調崩して会社休んで寝てるわ。不思議なこともあるもんやねえ」という応《こた》えが返ってきたのである。

東京と和歌山という物理的な距離が離れていても親子には不思議なテレパシーが働くものだ。この句も春の夕暮れどきに、そんな親子だけに通じる第六感が働いたのだろう。［春］

あ ササミが安い！
買ってかなきゃ!!
にゃん太が喜ぶぞ
肉ーー
肉ーー
はっ
そうだ
あの子はもういないんだった…
カチャ
家に帰ってももう出迎えてくれないんだ…
にゃー
にゃー
にー
にー
うちに来る？
にー

天《てん》花《か》粉《ふん》幼《おさ》なの手足逃げやすし

谷中隆子

赤ん坊のときだから、ぼくのなかに鮮明な記憶として残っているはずもないのに、なぜか自分も天花粉をぱたぱたと体に付けられたような思い出がかすかにあるような気がして不思議である。

ほんとうにかすかな記憶として残っているのかもしれないけれど、人の赤ん坊がはたかれているのを見た印象が、いつの間にか自分の記憶としてすり替えられているのかもしれない。でも、夏の季語でもある天花粉の粉っぽい香りを嗅《か》ぐと、なんだか懐かしい思いが胸に漂い出すのである。

この句は、天花粉をはたかれているときの赤ん坊の様子を「手足逃げやすし」というユーモアのある的確な表現で描いている。たしかに赤ん坊に天花粉をはたこうとすると、手足をくねくねと、またときには力強く動かして嫌がったりする。

それを追いかけるように天花粉をはたこうとして、また逃げる。親子のイタチごっこがかわいい。

夏

わら
わら
む
に〜
待ったっ
ぱし
もーいいよ〜
まだまだ
いくぞー
おおー
はい行っといで

どっぷりとつかりてこその炬燵《こたつ》かな

中嶋秀子

「ただいま。はあ～、寒い、寒い。コタツ、コタツ」と塾から帰ってきた息子の誠。
「おかえり。ちょうどおでん温めたとこやから。さきに食べや」と母の葵。
「うん。ああ～、極楽やあ。あったかいわ～」と首まで潜《もぐ》り込んで顔が弛《ゆる》む誠。
やがて、温泉のようなコタツの熱のなかにどっぷり浸《つ》かってうとうとする誠。
「ちょっと！　あんた風邪《かぜ》引くで。おでんも冷めてまうがな」と誠の足を蹴《け》る葵。
「痛っ！　ええやん。ちょっとだけ寝かせてえなあ」とむにゃむにゃ言う誠。
「あかん。あんたのちょっとは一時間、二時間やねんから。起きなさい！」と葵。
「ええやん。ちょっとだけ。なあ、ちょっとだけ寝かせて」と眼をつむる誠。
「もう、ほな食べさせてあげるわ。はい、アツアツのコンニャクいくで～」と葵。
「熱っ！　おかん、熱いって！　おでこ、ヤケドするがな！」と飛び起きる誠。
すると、すかさず冷えたオタマを誠のおでこに当てて冷ましてあげる葵。

冬

ただいまー
ガチャ
さむい さむい
あったか〜
コタツ最高
さむい さむい
ただいま
お帰り〜
あったか〜
もそそ
さむい さむい
あったか〜〜っ
ぬく
ぬく

にぎやかな妻子の初湯《はつゆ》覗《のぞ》きけり

小島　健

「初湯」とは新年の季語で、年が改まって初めて風呂を立てて入ることである。「若湯《わかゆ》」とも言われるが、これに入って若返りたいという願いが込められている。

この句は母と子がなにやら声を立てながら初湯に入っている様子を描いた。風呂場の扉を閉め切っていると、声はするが正確には反響して聞き取りづらい。でも、とにかくにぎやかに楽しそうにお風呂を楽しんでいることは伝わってくる。

父としてはなんだか気になって仕方がない。自分もなんとかしてその仲間に加われないものか。それで父は風呂場の扉を少し開けてみたのだろう。

「覗きけり」の「けり」は切字《きれじ》で、この句ではこれ以上述べない省略の意味合いがよく働いている。初湯に入っている二人を父が覗き、どんな表情をしたのかや不意に顔を出した父を見て、母と子はどんな反応をしたのかは読み手に委《ゆだ》ねられている。

新年を迎えた家族の光景が微笑《ほほえ》ましく、幸せな一場面である。

新年

初風呂
正月早々
主人より先に
風呂に入るか
お風呂好きの
猫って
珍しくない？
ゴーッ

すぐ寝つく母いとほしや隙間風《すきまかぜ》

清崎敏郎

もろもろの家事を終えた母が、「ちょっとだけ休憩」とつぶやいて、冬ならば炬燵《こたつ》に入ってお茶を飲みながら新聞などを読んでいるかと思ったら、いつの間にか寝ているという場面に出くわすことが、ぼくの家族の風景でもたまにある。

その寝込んでいる母の表情を見ていると、なんだかあどけなく「いとほしや」という感情が湧《わ》きあがったりするので、この句の心情に静かに頷《うなず》けるのである。「すぐ寝つく」というところがよけいに母のことが愛おしくなる理由であろう。気づいたら、もう寝ている。疲れているのか、それとも老齢のせいか、自分を育ててくれた母の寝つきのよさに、ある悲しみと愛おしさが胸に込み上げてくるのだ。

そしてこの句を哀れにしているのが、冬の季語「隙間風」である。気密性のあまりよくない日本家屋では戸や障子《しょうじ》などの隙間から風が漏《も》れて室内に入り込んでくる。その風からけなげに身を守るように、母は丸く小さくなって眠っているのである。

冬

スー
もそ
カリ
カリ
ス…
ヒャ〜
さむ…
開けたら閉めろよ
パタン
30分後
カタカタ
じ〜
閉めんにゃよ
さむっ
ぶるる
もそ
うわっ
お前毛皮冷えてんな〜
もそ
1時間後
スー
もそ もそ
も〜
出たり入ったりしないっ
え〜
猫は夜中にうろうろする。

子《こ》雀《すずめ》を拾ひてよりのあにいもと

乙部恭子

「子雀」が春の季語で、「雀の子そこのけ〳〵御馬《おうま》が通る」という小林一茶《こばやしいっさ》の句が、この季語を使った作品では広く世に知られたものといえるだろう。

一茶の句と今回採り上げた句を比べてみると、一茶の雀の子のほうが大きく育っていることに気づく。お馬が通るときに、ぴょんぴょん跳《と》びながら自ら避けることができるからである。しかしこの句の子雀は、まだ雛《ひな》の状態で歩くのもままならない様子だ。そんな雀の雛を拾って、兄妹がこれから育てようというのである。

この句は省略が非常によく効いている。というのは、兄妹が子雀を拾ってからのことは一切触れられておらず、「拾ひてよりのあにいもと」とだけ詠《よ》んでいるからである。子雀を拾ってから兄妹がどうなったかということをすべて省略することで、読み手にいろいろと想像する余地を与えたのだ。

おそらく兄妹は「ああでもない、こうでもない」とはしゃぎつつ、仲良く協力して子雀を大事に育てたことだろう。

春

ポロン
やべっ
てっ
ぽと
やべーっ
にゃー
なーに？
マロン
雀のヒナ!?
一年後
あらあら
猫と雀のくせに
兄弟みたいに
仲良しね

死にたれば人来て大《だい》根《こ》煮きはじむ

下村槐《かい》太《た》

むかしはこの句のようなご近所のつながりが根強く残っていたのだろう。現代でも隣近所の結びつきが強い村落では、亡くなった人を皆で弔《とむら》う意識が残っているのかもしれないけれど、今の都会暮らしでは考えられない光景である。

この句の大根もスーパーで買ってきたものではなく、畑で採れたものであろう。冬の時季の田舎ならば、家々でふつうに大根を常備しているはずである。これからの通夜《つや》に備え、集まってくる縁者や知人を迎える用意の一つとして食事の準備が黙々《もくもく》とおこなわれているのだ。

この句では「死にたれば人来て」というふうに至って冷静に、まるで規則で決められたように大根を炊《た》きはじめる行為が詠《よ》まれているが、この着々と弔いの準備が進められていく沈黙のなかに、人々の深い哀悼《あいとう》の意が感じられるのである。

死んだ人に流れる時間、生きている人に流れる時間、大根を煮る時間がここにはある。

冬

お通夜
今日は精進料理だから煮干しを使ってないのよ…
なお～～ん
しょぼん…
に
ほらダシ取った後の煮干しだけど食べるかい？
あらよく慣れた野良ネコね
うにゃにゃ
でも、あんたはおばーちゃんが可愛がってたもんね特別だよ
おばーちゃんが天国に行けるよーに祈ったってよ
はむ

入園児父が与へし名を胸に

船津りん一

ぼくは三歳のとき、家から離れた幼稚園に入園したのだけれど、バスで通わなければならなかった心細さが今でも心の中に残っている。

とにかく寂しかったのだ。たった一人で知らない人たちがたくさんいる幼稚園に通うことが。乗り場までは母が付いてきてくれたが、やがてバスが到着すると、先生にいざなわれて、一人で乗り込まなければいけない。もうその時点で泣いていた。

このバスに乗って、いったいどこに行くのだろう。なぜ、母とはここで別れなければいけないのか。幼稚園に行くことはなんとなくわかっていたはずなのに、何かしらまだよく理解していない状況で、バスに乗せられるのは寂しくて怖かったのだ。

号泣《ごうきゅう》しながらバスに乗ったぼくは、だんだん遠ざかっていく母に車窓から手を振ったことを覚えている。そんなぼくの胸にも、「父が与へし名」が書かれた名札があった。いや、父と母が考えた名前だったか。

「入園」が春の季語である。

春

れんーっ!
蓮〜〜 今日から幼稚園だな
大きくなったなぁ
も〜お父さん
楽しみねぇ
うん一
れん〜〜っ
ピクッ
にゃっ
はいはい
にゃおーーん
れんや まんまやで
なんじゃ〜 どーしたの? そんなに甘えて
うにゃーーーん
ゴロゴロ ゴロゴロ

土《ど》用《よう》鰻《うなぎ》息子を呼んで食はせけり

草間時彦

土用の時季というのは夏の一番暑い盛りでもあり、体力も衰《おとろ》えがちである。そんなとき鰻を食べると、体から活力が湧《わ》いてくるようだ。この句は、父親が息子を呼んで鰻を食べさせたという一場面を切り取っている。

「土用鰻」というのは俗にいう土用の丑《うし》の日に食べる鰻のことである。江戸時代、平賀《ひらが》源《げん》内《ない》が土用の丑の日に鰻を食べることを推奨したとも言われている。

この句の息子は何歳だろうと考えたが、おそらく大学生くらいではないかと想像した。大学生の一人暮らしで、あまり食生活が行き届いていないような感じに思えたのである。父親はその状況を察して息子に電話すると、「鰻でも食べないか」と誘い出したのかもしれない。息子は特に父親と話すこともないけれど、鰻の魅力に惹《ひ》かれてその誘いに乗ったのではないか。

「この店の鰻、うまいだろ?」「うん」

そんな木訥《ぼくとつ》な父と子の会話が聞こえてくるようだ。

夏

鰻
うまい うまい
ごちそうさーん
つなーん
自分だけ食べたな〜
なんだ!? 花子つけて来たのかっ
魚かつ TEL
ヒラメくれるか
お前も滋養をつけんとな

手《て》花《はな》火《び》の花の盛りを子に渡す

日暮ほうし

手持ち花火のことを俳句では「手花火」と少し省略した呼び方をして、夏の季語になっている。この句は家族で手花火をやっている一場面を切り取っているが、「花の盛り」という表現に詩情がある。

手花火にもいろいろと種類があるけれど、この句ではどんな色合いが浮かんでくるだろうか。「花の盛り」というぐらいだから、ほとんど盛りのない、おしとやかな線香花火ではないだろう。

たとえば、着火するとすぐに「シュー」という音を立てて、芒《すすき》の穂のように勢いよく火花が出る「手持ちすすき」などが、この句の花火に当てはまる。花火に着火する瞬間を怖がったりする子は、一番勢いのあるときの綺麗《きれい》な手花火を親から受け取って楽しむのだ。

さりげない親の優しさ、家族のささやかな幸せが描かれているけれど、手花火を持つとやたら振り回したくなるのはなぜだろうか。

夏

あんなの何が面白いにゃ？
人間は平和だにゃ
ふぁ〜〜あ
ぐ〜 ぐ〜
トラは平和だねえ

秋暑き汽車に必死の子守唄

中村汀女《ていじょ》

この句に描かれているのは電車ではなく、むかし活躍した蒸気機関を原動力とする汽車の車内である。汽車にはもちろん気の利いた冷暖房など備えられておらず、暑さ寒さは各自でどうにかしてやり過ごすしかない。

「秋暑き」とは残暑のことであり、初秋の季語である。立秋を過ぎてもまだ八月は厳しい暑さが続くものだ。

そんな暑い車内で、母親の腕の中で泣きやまない幼い子がいる。なだめたり賺《すか》したり揺すったりいろいろ試してみるけれど、なかなか赤ん坊は泣きやみそうにない。こう車内が暑いと、乗客もいら立っている。泣く子と母親に冷たい視線を無遠慮に浴びせかける者もいるだろう。

母親はそんな視線を感じながら子守唄を必死になって歌う。なんとか泣く子を落ちつかせようと額《ひたい》に汗して子守唄を歌いつづける。この母の献身的な姿に親としての苦労と愛情を感じる。鳴り渡る汽笛がなんとも切なく耳に響いてくるようだ。

秋

ホギャ〜
ホギャ〜
よしよし
ぎゃーーーん
ぜんぜん寝てくれない
まいったわぁ
ぎゃーー
仕方ない助っ人を呼ぶか
先生!! お願いします
チリン
うむ
ホギャ〜 ホギャ〜
ほーら先生きたよ
ゴロニャン
ピタ
旦那より使えるわ
スーー

共に剥《む》きて母の蜜《み》柑《かん》の方が甘し

鈴木榮子

今まで一番多く食べた果物は何かと問われれば、ぼくは迷わず蜜柑と答える。

和歌山で生まれ育ったぼくは、蜜柑は買うものではなく誰かから貰《もら》うものであった。それだけ蜜柑があふれていた。

「蜜柑」は冬の季語だけれど、その時季になると、家には段ボール箱に入った蜜柑が常にごろごろしていた。食べたい数だけ自由に手に取って食べていたおかげで、掌《てのひら》が黄色になったりしたこともあった。

そんな蜜柑には不自由しない暮らしのなか、この句のような場面が何度かあったことを思い出した。なぜか同じ畑で採れた蜜柑のはずなのに、剥いてみると母のほうが甘いのである。剥く前に甘い蜜柑だと見抜く眼を母は持っていたのだろうか。それとも偶然なのだろうか。小学生だった頃は、子どもながらに母の勘と知恵が働いて蜜柑を選んでいるように思えて不思議な感じがしたものである。

この句にも、なぜ母の蜜柑のほうが甘いのだろうという素《そ》朴《ぼく》な疑問が見受けられる。冬

ごめんお母さん 小梅が膝に乗ってるから 動けないんだ
テレビのリモコン取って
仕方ないねぇ ほら
小梅
へっぷしゅん
ごめーん お母さん ティッシュとって〜
はい ティッシュ
くしゃみは手でおさえなさいよ
お母さん みかんむいて
あーん
食べさせて〜
白いスジもきれいに取ってね
甘えすぎ
猫がいるから〜〜

花嫁《はなよめ》がさらはれ喝采《かっさい》春一番

嶋野國夫

この句の読みどころは「さらはれ喝采」の部分で、ここをどのように鑑賞するかで作品の表情がちょっと変わってくる。

たとえば、教会から花婿《はなむこ》と花嫁が出てきたところを春一番が吹いてきて、純白のウエディングドレスが大きくなびいた場面かもしれない。舞い上がったそのドレスを見て、祝福に駆けつけた人たちが喝采を上げたのである。

また、こんな解釈はどうだろう。春一番そのものが花嫁を祝福するかのように強く吹きつけて喝采したのである。春一番を人間のように表現した擬人《ぎじん》法だ。

それとも映画『卒業』のラストシーンのような場面だろうか。主演のダスティン・ホフマンが教会でまさに式がおこなわれている最中に駆けつけてきて大暴れし、好きだった花嫁を花婿から掻《か》っさらうような場面だとしたら、この句は急にドラマチックな表情を見せはじめる。

「俳句の読み」の豊かさを楽しませてくれる一句だ。

春

ビュッ
もーすぐ春
恋の季節です

子へ妻へ野の虹見たる証《あか》し欲《ほ》し

鈴木鷹夫《たかお》

感動した光景にたった一人で出会ったとき、後からこのことをどのようにして体感していない相手に伝えればいいのか、思い悩むことがある。しかし結局、いくら言葉を尽くしたところで伝えきれない。とてもはがゆいものである。「百聞《ひゃくぶん》は一見にしかず」とは、むかしの人はずばりとよく言い得たものだ。

この句からもそんなはがゆさが感じられる。作者はたしかに夏の季語である「虹」を見たのである。それも大きな素晴らしい虹だったのだろう。もしその場に子や妻がいれば、何の言葉も用いずに虹そのものの存在と美しさを共有できたはずである。

だが、あいにく傍《そば》には子も妻もいなかった。野原へピクニックに一緒に来ていたのかもしれないが、虹が出ていたときだけ二人はお手洗いにでも行っていたのかもしれない。

虹が消えてから、それを見たことを必死に子と妻に伝えようとするが、信じてもらえない。「証し欲し」には、せめて妻子に虹の欠片《かけら》でも見せられたらなあという深い愛情も感じられる。

夏

にゃん太ー
にゃん太〜〜
うっうっう
泣かないで
今までありがと
別れるのは
辛いけど
大丈夫
またいずれ
会えるから
それまで
待ってるよ
兄ちゃんたち
久しぶり

寅《とら》さんの映画に行けり生身魂《いきみたま》

蟇目良雨《ひきめりょうう》

「ほな、寅さんでも観てくるわ」父の基吉が玄関で娘の良子に声をかける。

「気いつけてな。帽子、忘れんように」八月の日差しの強さを良子は心配する。

「あいよ、さくら」基吉はすでに映画の主人公〈フーテンの寅〉になりきっている。

「誰がさくらやねん。お父ちゃんも、もうええ年なんやから」と良子。

「年だと？　けっこう毛だらけ猫灰だらけだよ。何言ってやがんだい。お盆にはもっと年寄りを大事にせんかい。俺はこう見えても生身魂やで」と基吉。

「イキミタマって何？」とキョトンとする良子。

「お前、相変わらずバカか？　お盆は故人の霊《れい》を供養《くよう》するだけやのうて、年寄りも生身魂ちゅうて敬《うやま》い大事にするもんなんや。初秋の季語にもなってるねん」と基吉。

「そうでっか。バカなお父ちゃんの血ぃ引いてバカな娘になったんやろ」と良子。

「それを言っちゃあおしまいよ」基吉は帽子をすっと被《かぶ》って、風のように玄関を出た。［秋］

よぼよぼ…
にゃーん
お母さん ミーコちゃん入るって
にー
おーよしよし ミーコや
に
今年ももう秋じゃなあ
ミーコや わしらにゃあこれが最後の秋になるかもしれんのぉ
何言ってるの 来年も一緒に紅葉を見ましょうね
それはそーと今日の晩ご飯何が食べたい？
松阪牛
にー
（肉）
じゃあスキヤキにしましょーか
ふつうの肉で
お肉が元気の秘訣ね

よく歩く順に亀《かめ》の子売られけり

橋本五月

ぼくは和歌山の田舎育ちなので、亀の子を買うようなことはせずに、川や池で自分の手で捕まえてきたものを飼っていた。でも、友だちのなかには夜店で売っているいわゆる銭《ぜに》亀《がめ》を買ってきて飼育していた子もいた。

それが最初は銭亀という呼び名の通り、かたちが銭に似ていて小さいのだけれど、だんだん成長してきて、しまいには「え？　この亀ってあのちっちゃかったヤツなん？　うそやろ？」というくらい大きくなるのだった。

この句からもやはり夜店の屋台の風景が思い浮かんでくるのだが、ケースに入った何匹もの銭亀がよちよちと歩き回っているのだろう。よく見ると、歩き方や歩くペースがそれぞれ違う銭亀たちのなかで、「よく歩く順に」売れていったのである。これは「元気のある順に」と言い換えてもいいだろう。

しかし、ペットを吟味《ぎんみ》して購入することは人間上位的でもあり、どこかしら哀れな情景でもある。

夏

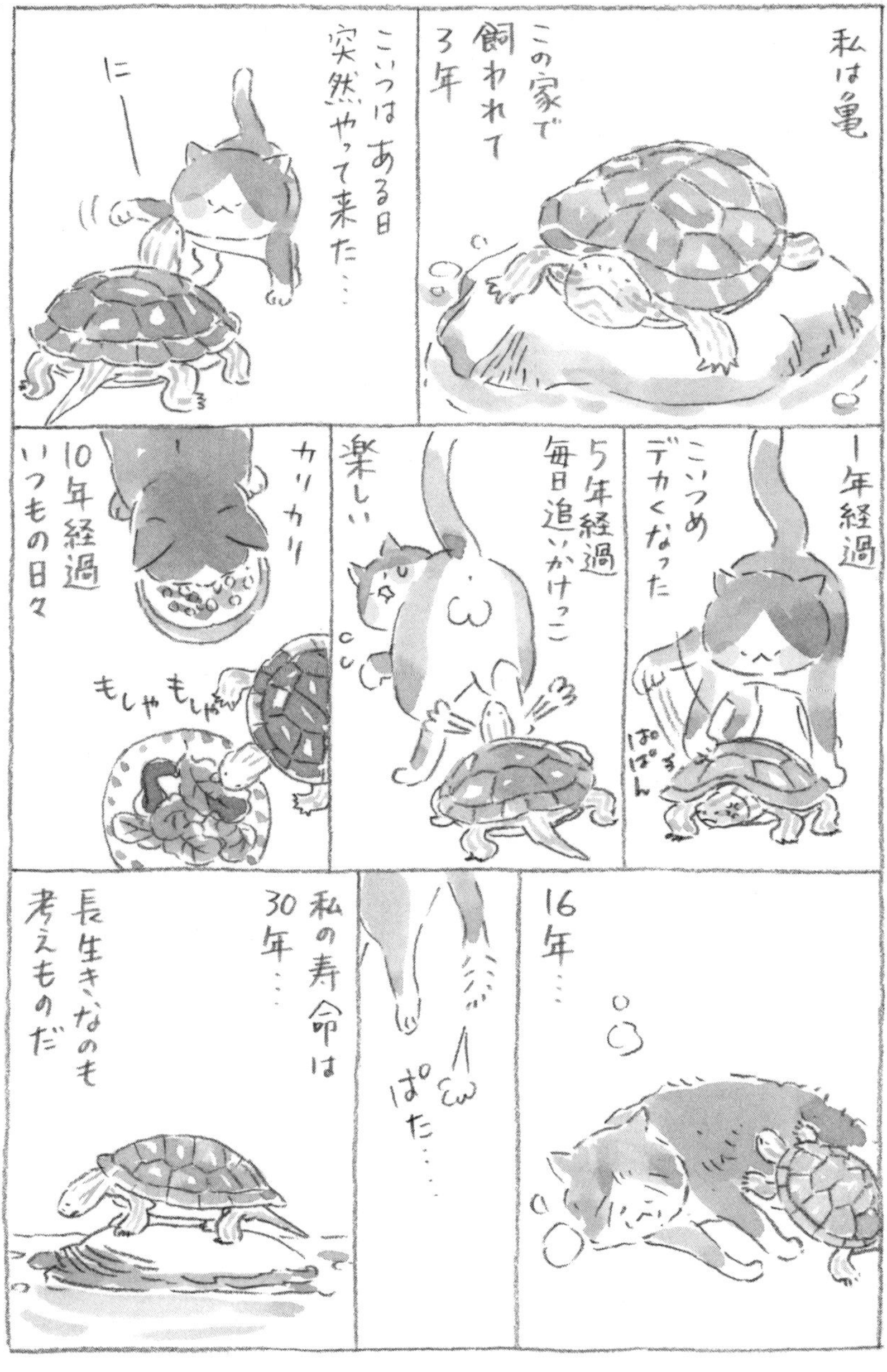
私は亀
この家で飼われて3年
こいつはある日突然やって来た…
にーー
1年経過
こいつめデカくなった
5年経過
毎日追いかけっこ
楽しい
カリカリ
10年経過
いつもの日々
もしゃもしゃ
16年…
ぱた…
私の寿命は30年…
長生きなのも考えものだ

わがためのもの奥にあり冷蔵庫

森田　峠《とうげ》

「はあ、頭が割れる……」寝癖《ねぐせ》頭の長女の喜美子が昼過ぎに起きてきた。

「また、飲み過ぎかいな。母さんがシジミ汁作ってくれてるさかいに飲んだらええわ」父の民雄が新聞から顔を上げて言った。

「ありがと。母さんは？」

「加山雄三《かやまゆうぞう》のコンサートに行ったで。朝から雄三さま、雄三さま言うとったわ」

「あっそ。そやけど昨日帰ってきて食べた烏賊《いか》の塩辛《しおから》美味《おい》しかったなあ」

「俺の焼酎《しょうちゅう》も飲んだやろ。お前、勝手にって、ちょっと待て！　塩辛て、まさか！」

「なんか冷蔵庫の奥のほうに塩辛の瓶《びん》があってん。それがもうめちゃうまで」

「アホ！　それ、俺の塩辛やんか！　北海道の我が友が贈ってくれたやつ！」

「あれ、最高。幸せだなあ。あと五切れくらい残ってるわ。ああ、頭が割れる……」

「あと五切れ……。もうお前の頭なんか、ぱっかり割れてもうたらええねん！」

夏

いつも
この箱から
出てくる
お刺身やささみ
中にぎっしり
詰まってるに
違いにゃい！
ゴク…
しかし
自分では
開けられにゃい…
おっ
ぎゃーーっ
イタタタッ
がしがし
今にゃ!!
イタタターーッ
なッ!?
今日は
何も入って
ないよ〜〜

寮《りょう》の子に送る荷物を夜仕事《よしごと》に

菱田トクエ

地方から上京してきて独り暮らしをはじめた学生にとって待ち遠しいのは、実家から送られてくる宅配便の荷物であろう。

この荷物には親の愛情や気遣いがたくさん詰め込まれているものだ。ぼくも大学生の頃、お米を中心にして漬物《つけもの》や菓子やなんかが、段ボール箱にぎっちり詰められて送られてきたものである。そしてそこには母からのメッセージが入っていたりする。

大学生だったぼくは、故郷からそんな荷物が届くたびに里心《さとごころ》が付いたものだ。東京に出てきたはいいものの、夢のような華やかな暮らしが待っているわけではなく、ただ一人っきりの時間がやたら増えただけだった。

この句は独り暮らしではなく寮生活の我が子に荷物を送る作業をしている。独り暮らしよりも寮生活のほうが親にとってはまだ安心かもしれないが、それでも心配ではある。「夜仕事」は秋の季語だが、夜更けまで荷造りをする親の背に子への愛情が滲《にじ》んでいる。 秋

それ 康夫にか
ええ 冬物の洋服 送ってやろうと思って
あら!! ミケちゃん 箱があれば必ず入るんだからあ
康夫に会いたいのかしら?
にゃーん
一緒に送っちゃうわよ
息子の寮
あっ加藤くん あなたに荷物届いてるわよ
そーですか ありがとうございますっ
うわー! 猫の毛だらけっ

母の日のてのひらの味塩むすび

鷹《たか》羽《は》狩行《しゅぎょう》

おむすびにも母の味があることに気づくのはどんなタイミングだろうか。

いろんなタイミングがあるだろうが、たとえば友だちの母親が作ったおむすびを食べたとき、「あ、うちのとは違うな」と思う瞬間があったりする。

また、コンビニのおむすびを食べたときも、「ああ、母の握ってくれたおむすびはなんて美味《おい》しかったんだろう」と気づく瞬間がある。

その味の違いはいったい何だろうかと考えたとき、実質的に使っている米が違うというのももちろんあるだろうけれど、塩加減、握り具合、おむすびのなかに入れる具材の違いなど、さまざまな要素があるだろう。

それに加えて、眼には見えないかもしれないが、やはり母が握ってくれたという愛情の度合いも違いとなって味わいに表れているのだろう。

「料理は愛情！」と、どこかの料理人が言っていたけれど、母の日に母が握ってくれた塩むすびは、また格別に美味しいものである。

夏

さぁ
お食べ
食べ
させて〜
に〜〜
しょーが
ないなぁ
もぐ
もぐ
1年後
もぐ
もぐ
手から
食べるのが
すっかり定着
そして
新しく
子猫をむかえたら
もぐ
もぐ
・・・
まさか
にゃーん
オレも手で
くれ
へんな癖が
ついたね
手でもらうと
おいしいのかしら

聖《せい》無《む》職《しょく》うどんのやうに時を啜《すす》る

中村安伸

ぼくにもけっこう長いモラトリアムがあって、フリーターをしていた時期もあったし、無職の期間もあった。お金にならない俳句やら文章やらを書いているのだから当然の報《むく》いである。

そんなときは絶えず鬱屈《うっくつ》を抱えながらも、やはり人並みに食べて寝て排泄《はいせつ》しないと生きてはいけない。働いていないのに、働いている人と同じ生理現象が生じて対処しないといけないのは、なんとも切ないものである。

無職でいて、うどんをすする行為も哀《かな》しいものだ。しかもこの句では「聖無職」などとうそぶいており、よけいに哀切なのである。この無職の者の意地の張りようが、うどんをずるずるすする行為を傲慢《ごうまん》にも寂寥《せきりょう》にも見せる。

「時を啜る」という表現には、「光陰《こういん》矢のごとし」という成句が暗に含まれているようで諷刺《ふうし》的でもある。季語のないこの句には、父と母に申し訳ないという気持ちを押し隠しつつ、大切な「時」を無為《むい》にすする時間がぴりぴりと流れているようだ。

いただきます
一味
フーフー
にゃ
にゃ
ちょっと待ってて食べちゃうからさ
じぃ…
……
わかった わかった
ガタ
にゃ♪
うまいか?
はぐ はぐ
うどんちょっとだけのびた……

巣《す》燕《つばめ》の寝る時は皆寝るらしく

細見綾子

「あんだけ朝は鳴いてたのに、やっぱり夜は燕の子も寝るんやなあ」

どこかで一杯ひっかけてきたのか、赤ら顔の父の政紀がネクタイをゆるめながら台所の椅子《いす》に座るとつぶやいた。

「そうみたいやね、日中は六羽ともみんな巣から顔出してえらい鳴いてるのにね」

母の瑞恵が心得たように、すぐにお茶漬けと漬物《つけもの》を用意して政紀の前に配した。政紀はそれをあっという間にかき込むと、「ごちそうさん」と手を合わせて、

「そやけど、親燕は毎日ひっきりなしにエサを巣に運んで、健気《けなげ》なもんやな」

「そら、あれだけピイピイ鳴かれたら、親燕もがんばらんとしゃあないでしょう」

それから黙《だま》ってしばらく政紀と瑞恵がコーヒーを飲んでいたところ、二階から赤ん坊の泣く声が聞こえてきた。娘の重美が赤ん坊を連れて帰ってきているらしい。

「夜も泣くのが人の子やね。重美もたいへんな時期やけど、いつか大きな喜びに変わるときがくるわ」と瑞恵が政紀に微笑《ほほえ》んだ。

春

4匹で寝る
スヤスヤ
朝
4匹が起きる
やっ
やややや
おはよう
おはよー
おはよー
4匹であいさつ
4匹で遊ぶ
4匹で寝る
何をするにも一緒だね

どの道も家路とおもふげんげかな

田中裕明

この句の「げんげ」とは「れんげ」のことで、ぼくは幼いころかられんげ畑を身近にして育った。蜜蜂《みつばち》がぶんぶん唸《うな》るなかを走り回ったり、寝っ転がったりしてれんげ畑の甘い蜜《みつ》のなかで無邪気《むじゃき》に呼吸をしていたのである。

大人になってその光景を思い出すと、その蜜の香りと紅の花の広がりから、郷愁《きょうしゅう》が立ち上がってくる。そしてまだ若い父と母の姿が浮かび上がってくるのである。

「どの道も家路とおもふ」という表現に少し解説を加えるならば、一面のれんげ畑を見渡していると、その周りに延びている春の道々は、どれもあの日の家路へとつながりつづいているように思えるという感じだろうか。

しかしそう思うだけで、実際はどの道も家路へとはつながっていないのである。どれも幻《まぼろし》の道であり幻の家路なのだ。れんげがその幻を見せているのである。

でも幻でもいいから、そんなれんげに出会いたいと思うのはぼくだけだろうか。

春

できたっ
ばーちゃんと暮らして10年
だんだん似てくるねぇ
帰ろーかの〜
にー

おわりに

ねこまき

主要参考文献

『カラー版 新日本大歳時記 春』（講談社）
『カラー版 新日本大歳時記 夏』（講談社）
『カラー版 新日本大歳時記 秋』（講談社）
『カラー版 新日本大歳時記 冬』（講談社）
『カラー版 新日本大歳時記 新年』（講談社）
『合本現代俳句歳時記』角川春樹編（角川春樹事務所）
『合本俳句歳時記 新版』（角川書店）
『合本俳句歳時記 第四版』（角川学芸出版）
『角川俳句大歳時記』（角川学芸出版）
『「家族の俳句」歳時記』清水哲男著（主婦の友社）
『秀句三五〇選 4 愛』山本洋子編（蝸牛社）
『秀句三五〇選 5 生』石寒太編（蝸牛社）
※このほかに掲載した方々の個人句集より引用させていただきました。

※本書はさくら舎ホームページでの連載「ねこもかぞく」（2017年12月8日～2019年9月27日）を加筆・訂正し、再構成したものです。
※掲句の漢字には、読者の読みやすさを考慮して、適宜ルビをつけました。

堀本裕樹

1974年、和歌山県に生まれる。國學院大学卒。俳句結社「蒼海」主宰。俳人協会幹事。第2回北斗賞、第36回俳人協会新人賞を受賞。2016、2019年度「NHK俳句」選者。東京経済大学非常勤講師、二松學舍大学非常勤講師。

著書には句集『熊野曼陀羅』(文學の森)、『NHK俳句 ひぐらし先生、俳句おしえてください。』(NHK出版)、『俳句の図書室』(角川文庫)、『芸人と俳人』(又吉直樹との共著、集英社)、『ねこのほそみち』(ねこまきとの共著、さくら舎)などがある。公式サイト http://horimotoyuki.com/

ねこまき(ミューズワーク)

夫婦ユニットによるイラストレーター。名古屋を拠点としながらコミックエッセイをはじめ、犬猫のゆるキャラマンガ、広告イラスト、アニメなども手がけている。

著書にはアニメ化された『まめねこ』シリーズ、『ねこのほそみち』(堀本裕樹との共著、以上、さくら舎)、映画化された『ねことじいちゃん』シリーズ(KADOKAWA)、『マンガでわかる猫のきもち』(大泉書店)、『ケンちゃんと猫。』(幻冬舎)、『トラとミケ』(小学館)などがある。

ねこもかぞく

ほんのり俳句《はいく》コミック

2019年11月10日 第1刷発行

著者 堀本裕樹《ほりもとゆうき》
ねこまき(ミューズワーク)
発行者 古屋信吾
発行所 株式会社 さくら舎 http://www.sakurasha.com
〒102-0071 東京都千代田区富士見1-2-11
電話(営業)03-5211-6533
電話(編集)03-5211-6480
FAX 03-5211-6481 振替 00190-8-402060
装丁・本文デザイン アルビレオ
印刷・製本 中央精版印刷株式会社

ISBN978-4-86581-221-3

まめねこ〜まめねこ9 発売中!!

1〜8 1000円(+税)　　1100円(+税)

定価は変更することがあります。